JN307519

二見文庫

書き下ろし時代官能小説

大奥御典医

横山重彦

目次

――よろづ奥方の作法、
他人は申すにおよばず、
親類、縁者、よしみの者たりといふとも、
一切《いっさい》他言《たごん》仕《つかまつ》るべからず。
以来さきしよりあらはるるに於ては、
急度《きっと》くせ事に申付くべき事。

（「大奥法度」第五条）

大奥御典医

登場人物紹介

柏原源蔵……日本橋浜町で扶老庵という漢方診療所をいとなむ医師。
沙弥菜……源蔵のひとり娘。
佐伯市之丞……旗本の三男坊で、源蔵の弟子。
酒井忠勝……幕府老中。
妙姫……忠勝の娘。
お琴の方……酒井忠勝の側室だが、大奥へ出仕。のちの芳心院。
春日局……大奥総取締役。
おなあ……春日局の義理の姪で、大奥の実力者。のちの祖心尼。
お楽の方……家光の側室で、のちに四代将軍家綱の生母・宝樹院。
鷹司孝子……三代将軍徳川家光の正室。
鶴女……孝子の侍女。
お理佐の方……孝子の侍女で、のちに家光側室・定光院。

序章　逢い引きのふたり

午後の江戸の町は、仕事をおえた解放感に空気がなごむ。

いましがた、昼八つ時（午後二時）の梵鐘《ぼんしょう》がひとつ、ふたつと鳴りはじめたところである。たおやかな陽射《ひざ》しに鐘の音色がまざり合い、どこまでも柔らかい空気に包まれていく。

そのいっぽうで、にわかな喧騒《けんそう》も江戸の町の華《はな》である。とくに、町人地《ちようにんち》の午後は喧《かまびす》しい。いままた、町奴《まちやつこ》が男女の逢瀬《おうせ》をひやかす風情が……。

ここ日本橋人形《にほんばしにんぎようちよう》町界隈《かいわい》には、昼間から閨《ねや》を提供する待合茶屋がおおく、人目をしのぶ男女が足早に出入りする。その二階に、障子を開け放って睦《むつ》み合う男女があった。女のほうは二十なかばの年増だが、つややかな頬《ほお》が昼の陽光に鮮やかに映えて、美しさが際立つ。

「そなたの頬は、まことにうるわしい」

と、男が女の頬を撫《な》でた。

「ぬし様、うれしゅうございます。こうして二人きりでお会いできるのを、どれほど待ち焦《こ》がれましたことやら」

鼻にかかった声がなまめかしい。白い帷子《かたびら》の胸もとからは、豊かに実った白い乳房がはみ出している。いましがた口を吸い合った興奮と息苦しさからか、二人の呼吸は乱れがちだ。

「これが欲しいのか？　困った女子《おなご》よ」

腰を押しつけながら言う男のほうは、すでに白いものが混じりはじめた銀杏髷《いちょうまげ》が大身《たいしん》の風情である。

「しばらく会えなくなると思うと、いとしさもひとしおじゃ」

わざと町人風を気取っている様子だが、彼の枕もとには二本が横たわっている。歳のころは五十にさしかかったあたりだろうか。

どうやら身分の高い武士と、ここでしか逢《あ》えない女のようだ。お内儀《ないぎ》の目をさけて、見目うるわしい女中と逢引《あいびき》の睦み合いなのだろう。女の「ぬし様」という言葉から、男が主すじの者であるのは間違いない。

「それにしても、そなたの乳は柔らかいのぉ」

と、男が女の胸もとをさぐった。

「あっ……。ぬし様」

白くやわらかい肉房の片方が、男の武骨な手のひらで鷲《わし》づかみにされている。

ゆっくりと時間をかけてそのやわらかさを堪能《たんのう》すると、男はまだ眠っている女の乳《にゅう》暈《うん》を指先でなぞった。

「ああ、ぬし様ぁ……」

そして、ゆっくりと彼女の乳頭を引っぱり出したのである。

「あ、あんっ」

引っぱられて硬く収縮した乳頭には、桃のつぼみのような赤みがさしている。

その赤みの中心を、男の唇が吸いあげた。ゆっくりと、皮膚を溶かすように吸っている。

「んふぅ、はあっ」

女の眉間《みけん》にけわしさが走った。男が吸い上げたまま、柔らかい果肉を引っぱっているのだ。伸びきった果肉がパチンとはじけ、彼女の若さが磁器の破片のように刻印された。

「ぬし様、痛い……」

女が顔をそむけた。

「そなたの泣きそうな顔を見るのが何ともいえぬわ。もそっと、こっちを向いて泣きそうな目をみせよ」

「ぬし様の意地わる。痛くしないで、もそっと、やさしゅうしておくんなまし」

「そなたはまた、そのように女郎《じょろう》のような言葉を。はっはは。奥に入っても同じ言葉を使うか？」

「ああっ、そのような……」

男が帷子の裾《すそ》に手を入れ、湯文字《ゆもじ》を解きはじめたのである。

「脱がさずば、何もできまい」

「そ、外から、見られてしまいます、ぬし様」

ふたりが睦み合っているのは、縁側の窓枠に接した日向《ひなた》なのである。

「見たければ見ろじゃ。この陽気、お天道《てんと》さまに焼かれながらのまぐわいも、また愉《たの》しきもの」

などと、男は意に介さない。

「ほう、かわいい臍《へそ》にも赤みがさして、何とも色っぽいことよ。これなら、上様《うえさま》もお気に入るはず」

赤い湯文字が解かれ、菱形《ひしがた》のおんなの徴《しるし》があらわれた。艶《つや》やかに引きしまったその形が、持ち主の慎ましやかな表情に似ている。

「光のなかで陰所《ほと》を見せてもらおうかの。この刻限になかを拝むのは、初めてではないか」

と、男が彼女の太ももを摑《つか》んだ。そのまま持ちあげて、おんなの底を覗《のぞ》こうというのだ。

「ああっ！」

見え隠れしている女の恥辱の彫りを覗きながら、男が思い出したように言った。

「そうじゃ。今日はな、おもしろい物を持って来た」

「何でございます？　ぬし様」

女は乳房を抱くように腕を組んでいる。ちょうど、向かいにある納戸《なんど》から、彼女の上半身はまる見えなのである。

「もっと、なかを見せておくれ」

「ああ、もう……」

縁側の窓枠を背に、彼女はとうとう片足を持ちあげられてしまったのだ。グイと左右に割られて、おんなの秘裂が斜めに露出した。

「あ……」

淡い繊毛に縁取られたそこは、真昼の光のなかで際立った彫りの形をみせていた。斜めに開かれた淫《みだ》ら唇が内側にさくら色をのぞかせ、結び目にある真珠色の突起が輝いている。

「このような格好《かっこう》、恥ずかしゅうございます」

「ははは。その恥ずかしさが、やがて悦《よろこ》びに変わるというものよ」

と、男が愉しそうにわらった。

「そちを悦ばすのはな、これだ。よぉく、ご覧」

「何なの、ぬし様？　なんだか麦藁《むぎわら》を編んだような」

「これが昨今、大奥《おおおく》で流行りの肥後随喜《ひごずいき》というものよ。これは肥後の細川《ほそかわ》殿からいただいた、肥後は菊池《きくち》産の名物じゃ」

男は芋の皮で編まれたこけしのようなものを揉《も》みほぐすと、やおら唾《つば》で濡らした。

「そなた、陰所《ほと》から涙は出ておるか？」

「あんっ」

男がいきなり指を挿《さ》し入れたので、逃げようとする女の腰が浮いた。

「ほう、すこし潤いが足らぬか……。さあ、そなたの奥を溶かしてやる。もそっと悦びに泣き悶《もだ》えるがよい」

やや強引に指をこじ入れ、男は秘奥の子壺《こつぼ》まで刺激している。

「うっ、んあぅ！」

堪《たま》らずに女が腰を浮かした。

「ぬし様、痛い……」

「どれ、そなたの随喜の涙を見せてもらおうか」

白昼の光にかがやく女陰の奥、赤い洞穴のなかを男の指がゆっくりと、試すように動きまわる。その動きにつれて、女の苦悶《くもん》の表情のなかに恍惚《こうこつ》としたものがまざるのだった。

「これが子袋の門じゃな。なるほど硬い、大きな蛸《たこ》の吸盤のような……。おぉ、吸いついてくるわ」

「そ、そこは……、ぬし様」

「うん、つらいか？」

女壺を蹂躪《じゅうりん》するいっぽうで、男は彼女の肩を引きよせながら、硬くなった乳首を舐《な》めている。

「も、もう、堪りませぬ」

「そうか、そうか。では、随喜がまいるぞ」

と、男が肥後随喜を手にした。

「やっ、どうじゃ」

「あ、あれっ……！」

次の瞬間、女の眉間に苦悶の表情が走った。まだヌメリが足りないのか、人形型の随喜を呑《の》み込む女弁が、内側に巻き込まれている。

「ぬ、抜いてくださいまし！」

「む……」

のんびりと陽射しを受けながらの睦み合いは、彼らの初めての試みで難儀なものになっているようだ。

「痛ぉございます、ぬし様！」

「これは、ちと姿が大きすぎたのやもしれぬ。大事ないか？」

などと、男が女を気づかった。

ややあって、女が顔をあげる。

「だ、大丈夫にござります。すこしばかり、わたくしのほうが狭かったのかと。せっかくの思《おぼ》し召しに興ざめなこと、申しわけございません」

「そのように案ずるな。モノは別途に用意してある」

と、男がこんどは藁草履《ぞうり》のようなものを取り出した。

「これは閨の甲冑《かっちゅう》と言うて、わしのほうに着けるものだそうな。この紐《ひも》を結ぶらしいのじゃが、近ごろは目のほうがいかぬ。そなた、手伝どおてくれぬか」

「は、はい。ぬし様」

「こうして、そなたと昼ひなかに逢えるというのに、首尾の悪いことよ。それがしも歳をとったもの。そなたには申しわけないばかり」

「言われますな、ぬし様。こうしているだけで、あたくしは仕合せに存じます」

と、女はかいがいしく男のモノに藁草履ならぬ甲冑の紐を結ぶのだった。

「随喜とは、ヌルヌルしておりまするな、ぬし様」

「蓮芋《はすいも》の皮というが、もとは里芋のたぐいなのであろう。なるほどヌメリがあるのぉ。これがそなたの下《しも》の涙とまざり合い、えも言われぬ心地《ここち》よさをもたらすはずじゃ」

男が頬ずりをすると、女は破顔した。

「ぬし様。……愉しゅうございます」

「まいるぞ」

ヌルリとした感触で、ひらき加減の女の陰所が弩張《どちょう》を呑み込んだ。

「ふはぁ、っ……！」

ややや窮屈なのだろう、男も顔をしかめている。女のほうは、じっと痛みに耐えている風情だ。

「ぬし様、い、痛い！」

「こ、これは、ちと……」

突然、男が顔をゆがめた。女の太ももが小刻みに震えている。それは歓喜に咽《むせ》ぶような震えかたではない。

「お、女将《おかみ》っ！」

と、男が堪らずに茶屋のあるじを呼んだ。

「頼む！　こっちじゃ！」

その声に、慌てた風情の女将と女中が駆けつけてきた。

「御前《ごぜん》、いかがなされました？　ああ、これは……。お前は、あっちに行っておいで」

わきまえたものか、女将は男の腰をみちびくように反転させた。女との結合部を一瞥《いちべつ》すると、ふたたび二人を抱き合わせた。

「いいですか、お二人とも抱き合ったまま、身体を逆にしましょう。そう、御前が下になり、ご新造さんが上になるのです」

「百閉《ひゃくへい》のようにか？」

「さいですよ、御前」

この百閉というのは、女性が上になる体位のことである。

「力をぬいてくださいな、御前。ご新造さんも、身体の力をぬいてくださいね」

心得があるようだが、女将もそこから先は悩む様子だ。

女将が大きな声を出した。

「ちょいと、奥の座敷に扶老庵《ふろうあん》さんがいらしてたはずだよ。先生をこっちに呼んでくれまいかね。扶老庵の源蔵《げんぞう》先生をこっちに呼んでおくれ、お仕事だと！」

「はいな」

と、先ほどの女中が軽やかな声で返事をした。

女中に案内されて、木の実などの薬材が入った風呂敷を片手にやって来たのは、五十がらみの男である。髪は町医者らしく総髪に、絣《かすり》の作務衣《さむえ》の裾をからげた格好がひょうきんな印象だ。

「どうしましたかな。おや、まぐわいの最中に、どうも目にいけないや、昼間っから」

などと、目のやり場に困って苦笑している。

「ご新造さんの玉門《ぎょくもん》が、ほれ、このように癪《しゃく》をくり返すようで」

「まかせなさい。百閉になってるのはさいわいだ、うしろの門からやってみましょう。お女中、紙縒《こよ》りはないかえ?」

どうやらこの医師の処置は、硬くなった秘門の筋肉をほぐそうということらしい。

「楽にしておいでなさいよ、ご新造さん。お殿さまも」

女中から紙縒りを受けとると、医師は女のうしろの秘門をくつろげた。

腕の立つ医師なのだろうか、

「ほう、十六弁の菊紋ときましたか。見事なおいどにござりますな」

などと、女の菊門を観賞する余裕ぶりである。

「では、こちょこちょ、こちょ」

女の菊門をくすぐりはじめたのだ。

「あっ、ああん」

と、女が腰を振って逃れようとする。やがて、観念したように彼女は笑いはじめた。

「いかがでしょう、お殿さま」

医師が男をうながすと、さっきまでの硬直が嘘《うそ》だったかのように二人の結び目は離れたのだった。

「はぁーっ、安堵《あんど》したぞ。どうなるかと、肝が縮むところであった」

「何のことはありやせんよ、ちょいと玉門が緊張したようで。お愉しみには付きものにございやす」

「それにしても、不格好なところを」

ご新造と呼ばれた内儀をかばうのも忘れて、男はすぐ袴《はかま》を穿《は》きはじめた。

「ははは、お殿さま。女の腹の上で逝《い》かれるなら、願ってもない死に方にございますよ」

「莫迦《ばか》を申せ。まだこのワシが死ねるか」

と、男が腹を立てた。やはり大身の武士らしく、袴を穿いて居ずまいを正すと、凛《りん》とした風情に貫禄がある。

「黙って聴いておれば、縁起でもないことを」

「申し訳ありやせん」

「そなた、名は何ともうす？」

「ははっ、日本橋浜町《はまちょう》の扶老庵という町医者にござります。名は、柏原《かしわら》源蔵と申します。どうか、お見知りおきを。お殿さまは？」

「名乗るような者にあらず」

「はぁ……」

男が武士としての体面をおもんぱかったのは明らかだ。

「お殿さま。ちと、薬をお分けしておきやしょう。ご新造さんの玉門に、ちょいと塗るだけの薬でございます」

「ほう、薬を？　して、如何《いか》なるものか？」

「わが学祖、曲直瀬道三《まなせどうさん》が直伝の妙薬にござります。如意丹《にょいたん》ともうします」

「なに！　曲直瀬道三とな？」

「へい、京都にいた頃に、直伝を受けてございます」

そう言うと、柏原源蔵は風呂敷のなかから壺入りの塗り薬を取り出した。

「ほう、これは……。たいそう高価なものではないのか？」

「お代は二朱《しゅ》ほどで」

などと、両手を出して無心する。

「あいわかった。銀二朱でかまうまいの。いや、危ないところを助けてもらったのじゃ、金一分《ぶ》、遠慮なく受けとるがよい」

「へへっ」

この扶老庵の柏原という医師、上方《かみがた》の出身ながら江戸言葉をあやつる。気風はいたって穏やかで、若々しいこの江戸の町に合っている。色事に詳しいという風評は、つぎの章にゆずることに。

第一章　淫蕩《いんとう》な御典医《ごてんい》どの

一

「沙弥菜《さやな》や、そろそろ木戸を開けて、患者さんをなかに入れておくれ」

ひとり娘の沙弥菜にそう言うと、柏原源蔵は作務衣の腰ひもを締めなおした。

江戸の朝は早い。源蔵の扶老庵も、明け五つ（午前八時）には始業である。すでに木戸の向こうには来患の行列ができている。ちょうど、初夏の陽射しがまぶしい角度で飛び込んでくるところだ。

「お父さま、市之丞《いちのじょう》さまは岩本町《いわもとちょう》の薬問屋のほうにお寄りを？」

「いや、とくに申しつけてはいないが……。そうか、どうしたんだろうね」

「あのお方は、医術の技量はともかく、刻限を守らないのが難点です」

今年十八になる沙弥菜は言葉のきついところはあるが、亡妻に似てしっかり者の娘だ。その沙弥菜に難点をあげつらわれた市之丞というのは、旗本《はたもと》の三男坊で源蔵の愛弟子である。

もう八年も一緒にいるせいか、沙弥菜は三つ年上の市之丞に厳しいことを言う。できれば将来は二人して、この扶老庵を継いでほしいと思っているのだが、そんな源蔵の思惑を察してか、ふたりはつれない雰囲気《ふんいき》なのだ。慣れ親しんだ時間のぶんだけ、互いの粗《あら》が見えてしまうのかもしれない。

沙弥菜が木戸を開けると、その佐伯《さえき》市之丞が姿をみせた。

「遅くなりまして。横山町《よこやまちょう》の紺屋《こんや》で木綿の端切れが出るということで、頂いてまいりました」

とだけ言うと、市之丞は土間の奥にある囲炉裏《いろり》にすわった。用意されているのは、一膳の飯と塩漬けの大根を菜に、雑魚《じゃこ》の味噌汁が扶老庵の朝食である。

「市之丞さま、もう患者さんを入れますので、納戸で召し上がってくださいな」

「……はい」

扶老庵は囲炉裏を待ち合いに、日当たりのよい座敷が診療室になっている。ちょうど長屋を三つほど壁を抜いたかたちで、戸建の町人屋敷に劣らない居ずまいである。とはいえ、区画の狭い江戸の長屋であることに変わりはない。

「ははは、お市は納戸で朝餉《あさげ》かい」

と、源蔵はその様子をわらった。

「お父さま、初めて方がおみえですが、順番はいかがします？」

「うん。では、いちばんあとに」

源蔵が座ったまま背を伸べると、囲炉裏の奥に頭巾《ずきん》姿の若い女の顔がみえた。

つい美人のほうに目が向いてしまう。もう五十もなかばを越えたというのに、この癖ばかりはかえって盛んになったように、自分でも感じる源蔵なのだ。

扶老庵は婦人門（産科）と房中術《ぼうちゆうじゆつ》（生殖医療）を専門にしているだけに、女の患者の来診は多いほうだ。

柏原源蔵は、戦国時代に名医の名を欲しいままにした曲直瀬道三の弟子すじにあたる。京の醍醐《だいご》寺に喝食《かつしき》していた十二歳のころ知己をえて入門し、道三の直弟子に漢方の奥義を相伝された。さらに二十歳のときには長崎《ながさき》に遊学し、流行りの蘭方医学《らんぽういがく》を外科として修業した。

その後、道三の孫で兄弟子の玄鑑《げんかん》が典薬寮御典医《てんやくりようごてんい》（朝廷の医官）になったのを機に、江戸にくだって町医者となった。それも二十年ほど前になる、ちょうど大坂の豊臣家が滅亡し、徳川家の世になった頃のこと。いまの彼は十年前に妻を亡くし、経験だけが取り柄の五十やもめである。

この日、最初の来患はふくよかな女だった。

「おや、お満《まん》さん。どうなさいました」

「源蔵先生。ちょっと、ここのところが……」

と、お満が胸もとを揺すってみせた。

お満という四十がらみの女は、扶老庵と続きの長屋の住人である。亭主で大工の七禄《しちろく》ともども懇意な仲で、扶老庵の普請《ふしん》のほうはまかせてある。

「どれ、触るよ」

お満が縁側の向こうを気にしている。開けっぴろげになっている座敷の向こうは、小さな庭をへだてて長屋塀がある。葦簀《よしず》で目隠しをしてあるものの、ときおり長屋の衆が覗き見るのを、お満は知っているのだ。

「見たければ見せておやり。見せられるのも、お前さんに色気があるうちさ」

などと、源蔵はいつもそう笑うのだった。彼自身も覗き見られることで、よい緊張感を保つことができると感じるのだ。

「月のものはどうなのかえ？」

お満の豊かな乳房を揉みながら、源蔵はしこりがないのを確かめた。久しぶりに、揉みごたえがある双球を堪能したのだった。この瞬間ばかりは、不道徳ながらも医師冥利《みょうり》に尽きると思う。股間《こかん》のモノがピクンと竿立《さおだ》つ。

おんなの快楽に耐えるように、お満が大きく息を吐いている。

「お満さん、どうなんだい？」

「はい、それが……。もうなくなったようで」

「莫迦をお言い、お前さんの歳でなくなるもんかい。ちょいと、片膝《かたひざ》を立てるだけでいいから、玉門を調べるよ」

「……あ、あい」

お満が目をとじて片膝を立てた。

もう五人の息子と娘が一人、この女は慣れているはずなのに、と源蔵は不思議に思った。あるいは、年齢がさせる消極的な考えが、彼女をして妊娠を感じさせなかったのか……。

「あうっ！」

いきなり子壺をさぐられたので、お満が肩をゆらして身悶えた。

「間違いない、おめでとうさん」

「えっ、すると、あたしゃ四十の恥かきっ子を？」

「七禄に伝えといておくれ。今回の診療費は、雨樋《あまどい》の修理で頼むと。このところ、雨垂れがひどくってね」

「あとひと月は養生するんだよ、落ちついてくれれば、ふつうに内職をしてもいいだろうよ。経験があるんだから、しっかりとね」

「は、はい」

「先生……、やっぱり来てよかった。ありがとうございました」

「うん。沙弥菜や、つぎの患者を通しておくれ。薬だけの人は、今日からは市之丞が処方する」

そんな調子で午前中の診療が終わると、午後は待ち合いも閑散としてくる。

江戸の町は朝が早いぶんだけ、午後には仕事も仕舞いとなる。もっとも、湯屋《ゆや》（銭湯）と水茶屋（喫茶店）は午後が書き入れ時で、晴れた午後には町のにぎわいが喧しい。

「ほう、初めてというのは。あの方かえ」

土間を見ると、頭巾姿の若い女が椅子《いす》がわりの樽《たる》に腰かけている。

「どうしましょう？　お名前をいただけなかったんですけど」

「ふむ。訳ありなんだろう、わしが直接訊《き》いておくよ。食事もいっしょにどうかと、誘ってごらん」

「そう言ったんですけど、握り飯を持参したとかで」

「ほう」

見ると、頭巾姿の女はすでに食事を終えたのだろう。濡らした手拭《てぬぐ》いをふところに仕舞っているところだ。

「師匠、お武家さんでしょうか？」

「そのようだね。お市もいっしょに診るかえ？　そうだ、沙弥菜も手が空いているようなら同席しなさい」

まだ五十代のなかばとはいえ、できれば沙弥菜と市之丞に扶老庵をまかせて楽隠居したい。もう仕事よりも、色事に生きがいをもとめたい。

最近は近在の商家の女将さんや後家に「色事は五十から」などと嘯《うそぶ》いては、ひんしゅくと同時に流し眼をもらっている源蔵なのだ。彼自身、十年前に内儀を亡くしてからというもの、色事への興味が果てないおのれを愉しいと思うのである。

二

女が頭巾をほどくと、見事な長髪があらわれた。武家風のおすべらかしで、髪飾りを付けていないぶんだけ色っぽさが匂いたつ。

「扶老庵の源蔵とは、お前様ですね」

歳のころは二十そこそこだが、その若さには似つかわしくない、武家女の落ち着いた声である。

「はい、わたくしが源蔵ですが」

「お人払いを」

「はぁ?」

女は凜とした風情で、源蔵を上から見下している。

「では、市之丞と沙弥菜。退出しなさい」

「は、はい。でもお父さま」

と、沙弥菜が訝《いぶか》しそうにしている。

「お武家さま。お加減の悪いところは、いずくで?」

「わたくしは扶老庵の源蔵殿に所用じゃ。患者にあらず」

と、女が切りかえした。

「沙弥菜や、あっちに行っておいで。お市も」

二人が姿を消すと、武家の女は胴服を脱いだ。

「して、わたくしに所用とは？」

と、困惑している源蔵の前で、相手は紬《つむぎ》の小袖を脱ぎはじめた。

「お、お武家さま……」

すでに襦袢《じゅばん》の胸もとに豊かな谷間が覗いている。

「扶老庵殿は、曲直瀬道三の弟子すじと聞きましたが、直弟子なのですか？」

「は、はあ。洛南《らくなん》の醍醐寺におりましたころ、縁戚をつうじてご紹介いただき、啓廸院《けいてきいん》にて医道の手ほどきを受けました。いわば、最晩年の弟子といったところでしょうか」

源蔵が答えているうちに、相手は肌襦袢の前をはだけようとしている。やはり診療が必要なのだろうと、源蔵は問診をするために座りなおした。

「お武家さま、いずくが？」

「して、源蔵殿。房中術と婦人門が得意と聞きましたが、間違いありませんね？」

「は、はぁ」

と答えながら、源蔵は思わず目を見開いていた。相手が湯文字を解きはじめたのである。若々しい太ももの奥に、逆三角形のおんなの飾りが目に入った。

「な、何を……」

女は湯文字を解いただけではない。婦人門の診察でいつもそうするように、座布団にお尻《しり》をついて、美しい脚を左右に拡げたのだ。源蔵はその一点に目を奪われた。

逆三角形の繊毛の集まるところ、二弁の女唇がひらき加減に覗いている。薄紅色の内側とわずかに色づいた襞《ひだ》の外側の対比が、鮮烈な印象で源蔵の視線をとらえたのだった。

「お武家さま」

「このようなことができる玉門、どう思われます？」

「は？」

見ると、女は小さな茄子《なす》を手にしている。そして、その小ぶりな楕円球を自分の玉門に挿入したのである。紅をさした口もとが歪《ゆが》み、まだ十分に潤っていない女陰が軋《きし》むのが見てとれた。

「お武家さま……、何を」

「んむ、んぅ」

呑み込んでしまうと、女は何もなかったかのように正座した。

「玉門芸、にござりますか？」

巧みな芸だと、源蔵は思わず見入っていた。濡れそぼった玉門に魅入られる、男の本能だけではない。女の目もとの涼しい風情が、彼を惹《ひ》きつけていた。

同じような芸を、源蔵は神田明神《かんだみようじん》の大祭の見世物小屋で観たことがあった。玉門のなかに里芋を入れて啼《な》き悶える見世物小屋の女は客の注視を浴び、最後はヌメリを利用して里芋を吐き出して見せたものである。

女の入り口には神経体が密集しているが、その内部は何箇所かをのぞいて無感覚なのだと、源蔵も知識では知っている。だが茄子を体内に入れたままの美女に平然と座っていられると、男としてはどうにも落ち着かない。

「質問を続けますよ、扶老庵源蔵殿」

と、女が源蔵の顔を見つめた。

「長崎で蘭学を修めたとのこと、間違いありませんか？」

「へ、へい。蘭学と申しましても、曲直瀬門下の通詞《つうじ》どのに教えられるまま、おもに外科のほうを。はい」

江戸初期の蘭方医はおもに外科医療であって、縫合技術や消毒法、膏薬《こうやく》などに限られる。その意味では少しだけ流行りの医術をかじってみたにすぎないのだが、蘭方外科の裏付けがあると、それだけで格別の評判になるのだ。

「江戸へはいつ？　いかなる存念で下られたのですか」

涼やかな目もとからの、刺すような視線が可愛らしい。その可憐《かれん》さに似つかわぬ武家言葉が、源蔵を魅了していた。

「曲直瀬道三といえば、豊臣家や毛利《もうり》家と懇意だったと聞き及びますが」

「へぇ、江戸へは三十年ほどになりやすかね。まぁ、存念てぇほどのもんはありやせんが、上方は医者も多いですし、これからは江戸のほうが活気があっていいやと。手前みてえな町医者には、豊臣も毛利も関係ありやせんしね」

「そこもと、何やら言葉が変わりましたが」

と、女が訝しんでいる。

「へぇ、美人をまえにするってぇと、どうも緊張をほぐすために言葉がぞんざいになりやしてね。それと、お偉い方から質問されるのも、何だかこう緊張していけやせん。そうすると、手前は投げやりになりやして」

「まるで、傾《かぶ》き者のような口調を……。投げやりになるというのも解せませんが、まぁいいでしょう」

源蔵はようやく相手の真意を察していた。

おそらくこの女は、どこぞの大名の側室か奥女中なのであろう。武家の妻女でありながら、探索や忍《しのび》を生業《なりわい》にしているように思えるのだ。

そしてその調べの矛先はいま、自分の出自や経歴を丹念に調べあげたうえで、何者かに報告をするつもりなのだと。

「源蔵どの、お内儀は身まかられたと聞きますが、まことで？」

「へ、へい」

「さきほどの女人は、源蔵殿の娘ですか？　若い先生もおられましたな」

「へい。娘の沙弥菜に、弟子の佐伯市之丞にございやす。市之丞は旗本の三男坊。実家は無役の百石扶持《ぶち》でして、部屋住み三男坊ではあきたらぬと、医術の道に入ったものにございやす」

女はいちいち、うなずくように確認している。

「あのぉ、手前のほうの身上をお調べになって、いかがされますんで？」

「それはまた別儀に。こたびは、専門の知識を伺いたいものです」

などと、女は源蔵の質問を封じた。

「このような技、誰にでもできるものでしょうや？」

そう言うと、女はしどけない仕草で襦袢の裾をからげ、ふたたび玉門を見せた。

煙るような繊毛のはざまに、陰所の内側が赤く覗いている。

「おっ……！」

つぎの瞬間、茄子が源蔵をめがけて飛んできたのである。

「うわっ、何ごと？」

飛んできた茄子は、見事に源蔵の鼻っ面に命中したのだった。源蔵はもんどりうっていた。

「おっほほほ。想像もできませんでしたか？」

「くの一であったか……」

「さにあらず、そこもとの如意丹の効能もかくあろうや？」

「あ、さては……」

そこで源蔵にも合点がいった。如意丹といえば、たしか人形町の待合茶屋で玉門が痙攣《けいれん》した女人を助けたことがあった。いや、主すじと思われる年輩の男も……。

だが、あきらかに、その時の女とは容貌《ようぼう》がちがう。歳のころも、あの時の女よりも幾つか若い。とくに気立ての優しそうな先日の女にくらべて、いかにも勝気な様子に違和感があるのだった。

「あのぉ、先だって、お会いしましたでしょうか？　どうも、記憶が」

記憶をたどってみると、下腹のおんなの徴《しるし》の形がちがう……。

「お初です、わたくしは。わが殿とご側室が過日、そこもとの如意丹の世話になったよし。本日は、薬の処方をお願いにまいりました」

「はぁ、そういうこってしたか」

「源蔵殿。誰でも鍛えれば、このように」

と、女はそばに置いてある碁石を数個手にした。すこし顔をしかめながら、

「うんっ」

軽い呻《うめ》き声とともに、下の唇で呑み込んだのだった。

「ほぉ、すごい……！」

玉門を締める筋肉と後ろの菊門、さらには小水口まで同じ力の入れ具合で成り立っていると、源蔵は学んだことがある。あるいは、姿勢を保つために体内の筋

力を鍛錬すると、忍びの教えにあるとも聞いたことがある。

だが、目の前にいる女はいま、わずかに腰を浮かし加減に気張り、体内に入れた碁石を吐き出そうとしているのだ。

「それっ！」

という掛け声とともに、女の秘孔が押し出すように膨らんだ。つぎの瞬間、源蔵は鉄砲に狙われたような恐怖に跳ねのき、飛来する碁石から逃れたのだった。

「ほほほほ、巧く逃げましたね」

と、女が笑い転げている。

「わが殿は、そこもとの如意丹の原料を知りたいと思《おぼ》し召しです。源蔵殿、かの秘薬は相伝なんでしょうや？　相伝であっても天下の必要なれば、何とか知りたいと思し召しなのです」

「いえ、わが学祖は『黄素妙論《こうそみようろん》』なる書物に如意丹の製法、効能をつまびらかにしております。よろしければ、写しを録《と》りましょうか？」

相手が大身の武家だとわかれば、恩を売っておくのも無駄ではない。

源蔵が色事以外に興味をしめすのは久しぶりのことだった。何とか武家の奥向きに出入りできるようになれば、扶老庵を立派な診療所にすることも夢ではないと思うのだ。

三

「では、こちらをご覧ください」

源蔵は油紙で密封した薬瓶を引き寄せた。

「天日で乾かした石榴皮《せきりゆうひ》を茶臼《ちやうす》で挽《ひ》いたものにございます」

石榴皮とはザクロの皮、下痢止めの薬剤として用いられる。さらに源蔵は三種の薬瓶を戸棚から下ろした。

「これが木香《もつこう》と山薬《さんやく》を合わせたもの。さらに蛇床子《じやしようし》、呉茱萸《ごしゆゆ》にござる」

と、源蔵は粉体化した薬を懐紙のうえに広げた。

木香は菊科の植物の根、山薬とは山芋の根、蛇床子は陸芹《おかぜり》の果実、呉茱萸というのはミカンの一種。いずれも刺激があり、神経体に作用して性感を過敏にする媚薬《びやく》である。

「いずれも、木目《きめ》のこまかい茶臼で挽いたものにございます。挽き方にはちょいとコツが要ります」

粉砕するさいに、石臼は摩擦面が高温になる。茶葉や蕎麦《そば》を挽く場合には香りが飛んでしまうので、表面の密度が高い石ほど、ゆっくりと挽かなければならないのだ。漢方薬も成分が懐れないように、低温で挽かなければならない。

「掛け合わせは、ほぼ等分でよろしい。これなる薬の名を如意丹と申します」

曲直瀬道三の『黄素妙論』には、如意丹の使い方を、

交合の時、つばきにてねやし、玉茎にとろりとぬり、玉門にさし入て浅深の法をおこなふべし、老女たりと云共誠に少女の玉門のごとくなるべし

と記してある。女性の潤いをうながし、老女でも若々しい女性器になるというものだ。

源蔵は調合を終えると、如意丹の入った薬皿をことさら大げさに捧げ持った。

「これにござります」

「うむ。ぜひにも、試してみたい」

さっきまでは股間を見せるのも恥じなかった女が、一転して身をかがめるように裾を締めている。どうやら、玉門芸を披露するのは見栄がはたらくが、診療と

なると女の羞恥心が出てくるらしい。

「では、お内儀どの」

「われは内儀ではない」

と、女は憮然としている。

「では、何とお呼びすれば？」

「よいから早ぉしなさい、源蔵殿。そなたと戯れている暇はないのじゃ」

「それでは、お裾を。失礼いたします」

「あっ……」

いきなり襦袢の裾をめくったので、女が逃げ腰になった。

「手荒なことは……」

「何を。診察に手荒も優しいもなにもあるものですか、ほう、如意丹を施すまでもなく、このようにヌルリと」

やわらかく濡れそぼった女陰に、源蔵は遠慮なく指を入れた。

「ヒッ！」

「お姫様《ひぃさま》のホトトギスの壺は、このあたりに」

と、源蔵は彼女の秘奥のなか深く、指先で肉の突起をさぐった。

「ああっ！」

相手が身悶え、ひときわ大きく反応する箇所があった。

「あぁっ！」

「ほうほう、吸い付いてくるような。お姫様の女陰のなんと艶めかしいこと」

源蔵はもう、彼女の表情だけを観察していた。源蔵がわざと女のことを「お姫様」と呼んだのは、その言動に明らかな気位の高さが見てとれたからだ。身に付いた癖というものは隠せない。

おそらくは、父親の話を聴いて源蔵の身辺を調べるうちに、ちょっとした好奇心から如意丹を手にしてみたいと思ったのであろう。

「お姫様、まいりますぞ」

「んなぁ、っ……」

源蔵が言うところの姫様は、喘《あえ》ぐように彼の手首を握りしめている。源蔵の指人形を、ことさらに拒否しているのではない。

むしろ、勝手に自分の身体を支配しようとする男の凌辱《りようじよく》を、みずから握りしめることで積極的に堪能しているかのようだ。

「……ゆ、ゆるしませんよ」

「麗しの姫君様、お声を憚《はばか》ることなく。どうぞ、思いのたけを口になさいまし。どうぞ」

「にょ、如意丹は？」

と、姫様が喘ぎながら言う。

「忘れておりましたな。これでございやす」

源蔵は薬皿のなかに唾を落とし、拭うように指先ですくった。

「まずは、玉門の扉に」

指先を這《は》わせたのは、やや伸びきった陰唇の内側である。すぐに肉弁が指にからみ付いて、玉門の入り口がせり上がってくる。碁石を飛ばすほどの膣圧も、いまは快感のほうが強いのかあまり強くは感じられない。

「ほうほう、女陰が待ちかねていたような」

と、源蔵はその様子に苦笑してしまった。

「なんと、生き物のように絡み付いてきますな。ほうほう」

「お、お黙りなさい！　下郎めが」

と、源蔵言うところの姫様が激昂《げっこう》した。

「語るに落ちましたな、姫様。まぁ、よろし」

もう無礼だの下郎だのと、悠長に言っておられる段階ではないはずだ。彼女の座っている麻の座布団には、如意丹とまざり合った彼女自身の液体が、濃密なまでにしたたり落ちているのだから。

指を引き抜くと、ビクンと姫様の腰がふるえた。

「お乳にも、如意丹を塗ってみましょう」

「ああっ、もう……」

姫様は太ももをキュッと締めたまま、歯を食いしばっている。源蔵は遠慮することなく、彼女の胸のあわせを開いた。

「んむぅ」

源蔵は若々しい乳房をささえるように持ちあげ、その頂きに眠る薄紅色の蕾《つぼみ》をつまんでみた。乳頭が開きかけの蕾のようである。慎ましいたたずまいで居ながら、若々しい好奇心に憑《つ》かれたように、可愛らしさが仄開《ほのひら》いてみえる。

「これはまた、麗しい」

源蔵は姫様の乳首に舌を這わせてみた。

「あんっ」

敏感な反応が源蔵の情欲を掻《か》きたてる。

「失礼しやすよ、姫様」

小生意気な姫君を困惑させ、若い肉体を発情させてみたい。そんな欲望が源蔵を突き動かした。

「あぁぅ」

如意丹のヌメリとその材料の粒子に触れて、姫様の乳首が収縮しながら硬直した。

「んむぉ……、ろ、狼藉《ろうぜき》はおやめなさい」

「いえいえ、これは医術の診療でして」

「ああん」

根もとを押さえると、ゆっくりと勃起《ぼっき》をはじめたのだった。

「痒《かゆ》みがありますでしょうか？　痒みは山薬の成分にございます。呉茱萸がピリッと痛いほど、石榴皮がその刺激を中和して潤いをもたらしまする」

「んんっ、はあっ、はぁ」

はやくも姫様が息を荒げている。

山薬（山芋）にはシュウ酸カルシウムが含まれ、擦り下ろすと尖《とが》った結晶になる。これが劇薬的に作用すると同時に、神経体に突き刺さり痒みを生じるのである。いま、姫様は堪らない痒みと紙一重の快感に襲われているのだ。

「吸ってさしあげましょう」

拒まないのは計算ずみである。

「んはあ、はあっ」

むず痒くなった乳頭を源蔵が口に含むと、姫様は彼の首すじを掻き抱くのだった。

「たっ、堪らぬ……」

「では真根《さね》のほうにも」

と、源蔵は襦袢の裾に手をいれた。

「ほうほう、すっかり水浸しにござる。これほどお汁が多いと、ゆったりとしたまぐわいが行なえましょうな」

真根（陰核）をさぐり当てるのは雑作もなかった。包皮から露出して、硬くなった真珠粒が自在にうごいて源蔵の指先に絡んだ。

「あんっ！　何を」

と、姫様が腰を浮かせた。

「ここに塗り込むと、いっそう気持ちようなりますぞ。ほうほう、姫様は手淫《しゅいん》をなさっておいでのようですな」

「し、知らぬ。そのようなこと！」

「素直なお方じゃ」

「あ、ああっ」

姫様が懸命になって、太ももを擦り合わせている。

源蔵の眼力なら、その反応と真根の包皮の剝《む》け方で常習性がわかる。この姫様はあきらかに自瀆《じとく》の常習者なのである。だからこそ、精門医である源蔵のもとに如意丹を所望しに来たのにちがいない。

ならば、ことは早い。

と、源蔵は自分の悪意に酔いそうになった。みずからの手で慰めるよりも、男の手でイカされるほうが何倍も愉しいものか、精門医として教えなくてはならないと体裁をととのえるのだった。

「ああっ、もう……」

ついに姫様がみずから真根の根もとに指をいれた。もう片方の手は、いそがしそうに乳首の快感を散らそうと、その先端を拭っている。

「ほうほう、大変なことに」

源蔵は彼女の両手がふさがったのを機に、本格的な診療に取りかかることにした。

襦袢を肩までおろし、ほっそりとしたうなじに吸い付く。乳房の根もとを揉みしだきながら、耳の下まで舐めあげると、姫様の吐息がなまめかしい音色に変わった。

「いかがでございます？」

「はあん……、はぁ、んなぁ」

やはり性の悦びを知った肉体は、男の愛撫に敏感に反応するものだ。

「ああっ、気持ちいい。源蔵殿」

などと、媚態すら見せるようになった。

「乳を、吸ってたもれ」

そう言うと、姫様が麻の座布団を背に横たわった。源蔵もそれに合わせて横になったが、限度をわきまえなければと思うのだ。

作務衣の下は、木綿の越中褌《えっちゅうふんどし》である。褌の脇からは、ヒョイと硬くなったイチモツが飛び出している。濡れそぼった姫様のそこに押しあてれば、ヌルリと入り込んで容易に往生を遂げることだろう。

だが、源蔵なりの医師としての倫理観が、その先にある悦楽を打ち消していた。このまま、指と舌先だけで彼女を極楽に逝かせなければならない。

「姫様、では失礼を」

そう断ると、源蔵は彼女の乳房にむしゃぶりついた。硬くしこる先端を舌先で溶かしながら、乳暈ごと吸い上げる。

「あんっ、あん」

片手でやわらかい感触を愉しみながら、硬くなった乳頭を溶かしては吸い上げる。そして目の前には、美しい眉《まゆ》を悦楽にゆがめている姫様の反応を愉しむ。医師冥利につきる思いで、源蔵は心ゆくまで女体を堪能した。

ここまで来れば、思いを遂げさせてやらねばならない。源蔵は使命感で自分をあおりながら、姫様の秘園に指をいれた。

「あうっ！」

思いがけなく、彼女の指とかさなった。手を握りしめてきたので、そのまま恋人同士のように結び合ってみた。

「源蔵殿」

「姫様」

手を封じられたので、源蔵はやむなく膝頭で彼女の股間を圧迫してみた。

「んあっ！」

狙ったとおり、膝頭が真根を直撃した。そのまま、押し上げるように圧迫する。上半身は床に組み敷いたまま、はじけるように弾力のある乳房を舐めあげていく。

「はあっ、はぁ、はぁ」

乳房の向こうに、姫様の鼓動が伝わってきた。

「いかがな心地です？」

「むぁう、はあ、はあっ」

もう彼女は、息つぎもままならない様子だ。

手を結び合ったまま、源蔵はやや強引に姫様の真根をさぐった。確実に逝かせる。極楽に到達したその瞬間に、気をうしなうほどの激しい悦楽をあたえる。それが医師の使命とばかりに、源蔵は意識を集中した。

「姫様、いま少しにござる」

「んむぅ、むぉ」

「お！」

思わず源蔵は目を見ひらいた。姫様の細い指が、越中の脇から飛び出している彼のイチモツに触れたのである。いったん握りしめて、またためらうように放した。

この娘は、おぼこか……。

源蔵は年甲斐もなく、胸がときめくのを感じた。

上方の女にくらべて、江戸娘は何ごとにも開放的である。急速に発達した都市化に男の数が増えすぎて、おなごの数は相対的に少ない。それゆえに色事に開放的になる傾向があるのだ。

やはり、さばけた風でも武家の姫君様よ。町娘の風情を気どっても、どこか箱入り娘の匂いが抜けぬもの。と、源蔵はこの姫様をいとおしく感じた。

そのいとおしさが胸に熱いものをもたらすのと同時に、指を彼女の内部にこじ入れていた。

「あんっ」

腰が逃げようとするところ、吸盤のような子壺まで刺激していく。

「あう……」

「姫様、逝かれまし」

「あんっ、んあぅ！」

ひときわ大きな喘ぎとともに、彼女が気をやったのがわかった。

つぎの瞬間、堪《こら》えきれない小水が源蔵の指先に感じられた。

「はあっ、はぁ、はぁ」

腰を断続的に震わせている。

「姫様、おん麗しきことでございました。これにて、診察は終わりにございます」

「…………」

まだ源蔵の指は彼女のなかである。

「う、動かないで！」

「はぁ」

しっかりと咥《くわ》えたそこは、何かの鍛錬でそうなったとしか思えない筋力である。肉体のなかに燃え盛っているおんなの情欲が、締めあげる感触を堪能しているのだ。

四半時（三十分間）ほど、姫様は源蔵の指を呑み込んだまま、恍惚としていた。

「姫様、もう夕の七つ（午後四時）前にございますよ」

「え？」

「もう夕刻でござんす」

「……。では、そろそろおいとまいたします」

汗に濡れた髪をととのえると、姫様は凛とした風情にもどった。

「そなたに、申しわたすことがある」

などと、姫様は威儀をこらすのだった。

「柏原源蔵殿、明後日、先日の茶屋においで下さい。人形町の待合茶屋に、八つ時に。ゆめゆめ遅滞するなかれ。ご公儀《こうぎ》の御用向きにございます」

「へいっ」

源蔵は思わずひれ伏していた。

「い、いま。如意丹のほうを。あの、姫様。できますれば、お名前を」

「わが名は妙《たえ》と申します、また逢うこともありましょう。源蔵殿、本日はとても愉しかった」

「お待ちを。送らせます」

「いいえ、無用です」

と、身支度もそこそこに、妙姫は土間から庵のなかを一瞥した。そして、訝しそうにしている沙弥菜と市之丞に目礼をすると、そのまま外に飛び出した。

「お父さま。あの方は？　いずくのお武家さまで」

「先生。何ごとか、大変な診療にございましたね」

覗いたのだろうか、市之丞が苦笑している。沙弥菜は見なかったふりをしているらしい。彼女は父親のそういう姿を、なるべく見ないようにする娘なのである。

妙姫様……。源蔵は久しぶりに恋心を噛《か》みしめていた。

それにしても、妙姫は「公儀の御用向き」と明確に言ったのだ。源蔵は先日の茶屋で会った武士の風体を思い出しながら、しばらく思案にくれた。

四

人形町から柏原源蔵の扶老庵のある浜町あたりまで、このころは大名屋敷と町人地が混在する、いわば発展途上の江戸の町であった。

いまも普請《ふしん》がつづき、晴れた昼間は砂ほこりがおびただしい。そこで、昼日なかから湯屋を使ったり、湯上りのひとときを茶屋で過ごそうとする者たちであふれる。にぎやかな人形町界隈である。

そんな人形町のにぎわいのなかで、柏原源蔵はかしこまっていた。先日とはちがい、離れの間である。

「そこもとが扶老庵の柏原源蔵か？」

もちろん、相手と源蔵にとっては初の対面ではない。

「へい、酒井《さかい》の殿さま」

相手が何者なのかは、酒井雅楽頭《うたのかみ》家の家紋、剣片喰紋《けんかたばみもん》ですぐにわかった。この人物は老中《ろうじゆう》酒井忠勝《ただかつ》である。

「源蔵、此処元《ここもと》のことは、讃岐守《さぬきのかみ》と呼ぶように」

「へい、讃岐守さま」

「先だっては、じつに世話になったものよ。あらためて礼を申すぞ」

「へ、へい」

「じつは折り入って、そこもとに頼みたいことがある」

と、讃岐守が威儀をこらした。

「ほかでもない、上様のことであるが……。上様におかれては、若いみぎりより女子を寄せつけず、われらを困らせてきたもの。したがって、お世継ぎのこともなかなか覚束《おぼつか》なく、幕閣の皆々も悩ましいかぎり」

「う、上様……。とは？　どこの」

源蔵は動転していた。

「うん？　上様は上様じゃ。ほかに誰があるものか、いらぬ思案は控えるがよい」

よくわからないまま、源蔵は酒井讃岐守の言うところを聴くことにした。

「知ってのとおり、昨今は諸大名はもとより、徳川および松平《まつだいら》一門にもに無嗣《むし》改易《かいえき》の沙汰《さた》すくなからず。そんなおり、上様にお世継ぎがなくば、天下にしめしがつかぬ」

「まことに、さようで」

「さいわいにして、このごろは上様におかれても衆道《しゆうどう》（男色）のことは控えられ、おなあ殿のはからいもあり、お振《ふり》の方様とのあいだに第一子をもうけられた。さりながら、女子では将軍家は立ちゆかぬ。そのお振の方様も先月亡くなられ、上様はふたたび女子を近づけぬようになってしまわれた」

「はぁ、さようで」

「そこで、われらとしては何としても健《すこ》やかな女子を上様のもとに送り、男子をなさしめねばならぬ」

そこまで言うと、讃岐守は隣室に向かって手を叩《たた》いた。

華やかな小袖に勝山髷《かつやままげ》の髪型であらわれたのは、先日の側室と妙姫だった。

「失礼します」

「お琴《こと》と、わが娘の妙である」

「へい、存じておりやす」

お琴と呼ばれた側室は、柔らかい目線を源蔵にくれた。妙姫はというと、どうも緊張した様子が見てとれる。やはり、先日の来訪は父親の命だったらしいが、あそこまで自分を晒《さら》すとは思っていなかったようだ。やや上気した頬が美しい。

「このお琴を、大奥に入れることになっておる」

「へっ、ご側室を、大奥へ？」

なんと不遜《ふそん》なことかと源蔵は思ったが、相手は土井利勝《どいとしかつ》とともに権勢をきわめる酒井讃岐守忠勝である。おのれの一存で将軍家など動かせるという風情には、ひたすら畏《おそ》れ入るしかなかった。

「さいわいにして、春日局《かすがのつぼね》殿および、おなあ殿の尽力により、江戸城《えどじょう》にも大奥という制度がととのいつつある。よってもって、床技にひいでた女子を大奥に入れ、機をのがさずご懐妊せしめん」

何とも、閨のことを合戦のように言いつのる讃岐守の言葉に、源蔵は苦笑を隠せなかった。

「して、手前は何を？」

「うん。まずは、これを」

讃岐守が目くばせをすると、妙姫が袱紗《ふくさ》を源蔵の前にすすめた。

「百両ある。準備金とせよ」

「へえ……」

「其処元《そこもと》を大奥御典医に推挙する。あとのことは、この妙に申しつけてあるので、よろしく励むがよい。妙はすでにお使番として大奥に出仕の身なれば、何なりと不安なことは訊くがよかろう」

「へへッ」

と平伏しながら、源蔵はドーンと何かに尻っぺたを突きあげられた気分だった。

大奥の御典医といえば、おそらく江戸城詰めの御用医と同格であろう。典薬寮御典医として禁裏《きんり》に上がった兄弟子の玄鑑が、事あるごとに薬の不足を訴えてくるのに対して、幕府御用医は諸外国の医薬品を抱えているという。

そうするってぇと、おれは医薬品の調達という一点をとってみれば、玄鑑殿より上位になるわけか……。思わず源蔵は身震いしていた。

「では、妙よ。あとは頼んだぞ」

「はい、お父上様」

妙姫の凜とした風情は、横に座っている側室のお琴よりも気品を感じさせる。かがやくような若さだけではない、武家の女として生れついた覚悟のようなものを、源蔵は彼女のなかに感じた。

いっぽうのお琴は酒井の殿さまに見染められるほどの、これまた妖艶《ようえん》な美女である。おそらくは、待ち合い茶屋で忍び逢わなければならないほどの身分の違いがあるのだろう。

やや緊張した面持ちで、妙姫が口をひらいた。

「このお琴殿は、わが父上の養女として大奥に上ります。すなわち、わが姉上様として、上様お目見え待遇の奥女中となります」

「なるほど、昨今は幕閣の方々が、競って大奥に近親者を入れたがるとか。次期将軍家との縁戚をねらってのこと、深謀にござる」

「源蔵殿、よけいな詮索《せんさく》はよろしい」

この姫君は父親の命を一身にうけて、その使命感で全身を緊張させているように見える。そんな風情を、源蔵は頼もしくも健気に感じた。いっぽうでは、媚薬の如意丹に興味を持ったり玉門芸に興じるなどの一面が、謎のような魅力に感じられる。

「そこで、大奥に上がる手はずですが、まずはお渡しした金子《きんす》で衣裳をととのえなさい」

「はぁ……」

「源蔵殿。そのような作務衣では、御殿《ごてん》には上がれませんよ。横山町あたりの紺屋で十徳《じゅっとく》を仕立ててもらい、診療道具も最高級のものをあつらえなさい。お琴殿は、髪をもそっと武家風に結い直すように」

ははぁ、このじゃじゃ馬娘は仕切屋なのだ、と源蔵は妙姫の性格を見きったように思えた。すべてにおいて自分が差配しなければ気が済まない、その意味ではマメな性格ともいえるかもしれない。

そう考えると、何ごともこの美しい姫君を立てながら、配下の者として振る舞うのも悪くないと思うのである。

「明後日、そなたの扶老庵に籠《かご》を差し向けます。では、よしなに」

「ははっ！」

源蔵が大奥にあがる当日、日本橋浜町の扶老庵の前は人だかりで溢《あふ》れた。

もともとが狭い路地である。そこに大名行列と見まがう籠が乗りつけられたのだ。籠かき人夫や小者だけで十数人。その向こうには役人らしい馬上の侍、それにしたがう中間《ちゆうげん》たちがたむろしている。

「これぁ、武家の婚儀行列みてぇだな」

などと、大工の七禄がわけ知りふうに言う。

「間違いないよ、お前さん。こりゃ婚儀の行列じゃないかえ」

めでたく懐妊がわかったばかりのお満は、さすがに目端のきく江戸の女である。源蔵を迎えに来た黒い籠のむこうに、婚儀用の網代輿《あじろこし》が来ているのを見のがさなかった。

「するてぇと、沙弥菜さんがいずくかへ嫁入りなのかい?」

「バカだね、お前さんは。紋所をごらんよ。源蔵先生の二つ引きの家紋とは違うだろ」

「なるほどな。するってぇと、どちらのお大名《だいみよう》さんで?」

「何でも、酒井の殿様のお召しだとか」

と、はっきりしたことを聞かされていない佐伯市之丞が答えるのだった。

「へぇ、さいですか。すると、扶老庵のほうはお市さんが診られるんで？」

「いいえ、夕刻には先生はもどられます。なにしろ、大奥の御典医になられたわけですが、暮れ六つ時には退出されますので」

「なーるほど、そういうことかい」

そうしているうちに、医師ふうに十徳を着込んだ柏原源蔵が黒塗りの籠に乗り込んだ。初めてなので要領を得ないうちに、お付きの女中に押し込まれたという感じであった。

「あれは、このあいだのお武家さま」

と、沙弥菜がその女中を指さした。

「たしか、お父さまは姫様とお呼びしていたはず……。そうでしたよね、市之丞どの」

「はぁ、いろいろと事情があるのでしょう」

などと、よくわからないまま源蔵を見送る沙弥菜と市之丞なのだった。

第二章　姫君たちのふともも

一

　お琴と源蔵を乗せた輿の行列は、桜田門《さくらだもん》をへて城内に入った。

　最初の番所で輿から降ろされ、そこから先は三《さん》の丸《まる》の脇をとおり、本丸《ほんまる》の裏から大奥にいたる。途中、番所で何度か誰何《すいか》されたが、酒井家の御用だとわかると、番役《ばんやく》たちはその場にひれ伏したものだ。

「これはこれで、なかなか気分がいいものにござりますね。妙姫さま」

「源蔵殿、わらわはお琴殿の侍女ということになっております。姫様などと呼ばれますな。お妙でよろしい」

「へい」

「その町人ふうの言葉づかいも、大奥では使われぬように」

「へい。……もとい、ははっ」

「そうではありませぬぞ、源蔵殿。わらわは腰元なのですから、御典医殿は年長者なのですから、『さようか』ぐらいの感じで、偉そうにしておけばよろしい」

なるほど頭のよい姫君だなぁと、武家の作法を心得ぬ源蔵は感心するしかなかった。

汐見坂門《しおみざかもん》から中奥に入り、中庭の回廊をへて広敷《ひろしき》へ。ここでふたたび、役人たちの検《あらた》めを受ける。さらに七つ口にいたり、これより先は男子禁制の大奥である。

奥女中たちが数人、廊下に侍っていた。

どうやら、酒井讃岐守が差配した者たちのようだ。

「お琴殿は、ここからお部屋に行かれます」

「では、お妙殿。おさきに」

と、いまやお目見得待遇のお琴が先に立った。

従う者たちは、威儀をこらしてこれに倣《なら》う。源蔵はきらびやかな女たちの行列を、夢見ごこちで見送っていた。

「源蔵殿、われらも参りますよ」

「はぁ……」

「はぁ、ではなく、さようか、と」

「………」

御典医の部屋は広敷のつながりにあり、大奥の主殿とは壁で隔てられているものの、小さな脇戸があった。その脇戸を奥女中や側室候補の姫君たちが出入りするのだと思うと、源蔵は思わず股間が硬くなるのを感じた。

「源蔵殿。あれに、お楽《らく》どのが」

と、お妙が中庭を指さした。

見ると、何人かの侍女に囲まれた美女が百合の花を手折《たお》っているところだ。回廊の向こうに、うら若い姫君が、やはり侍女たちを連れて歩いているのが見えた。

「お楽どのは、町娘の出で新参ながら、春日局様のお眼鏡《めがね》にかなった側室候補にございます」

「さようか」

「さ、参りますよ。おなあ様に拝謁の時間、まもなくにございます。源蔵どの」

長い廊下をへて、控えの間で待たされることしばらく、源蔵とお妙は侍女に招き入れられた。侍女たちにかしずかれた妙齢のお局様が、おなあ様である。

このおなあという女性《にょしょう》は、大奥の表向きのことは春日局に、内々のことはおなあの局にとまで言われる。彼女は春日局の義理の姪《めい》で、教養を買われて大奥に招かれたのだった。とくに、将軍家光《いえみつ》の全幅の信頼があるという。

「おなあ様、宿下がりをしておりました、お使番の妙にございます」

と、お妙が下座に伏せた。源蔵もそれにならった。

「これなる医師は、日本橋浜町の扶老庵柏原源蔵なる者にて、老中酒井讃岐守様のご推挙により、臨時の御典医として、大奥にまかり越したる者」

「ほうほう」

おなあが身をのり出した。

「もそっと近こう、柏原源蔵とやら。頭を上げられまし」

「ははっ」

源蔵は頭を上げて、おなあの顔を間近に見た。歳のころは同じぐらいであろうか、同じ世代の女性がいることにホッとする気分だった。

「わざわざのお運び、まことに痛みいります。大奥はいかがですか?」

「はぁ……。お美しい方ばかりで、目がまわるようにござる」

源蔵は浮かれた気分で、グルグルと目をまわしてみせた。

「さようですか、誰ぞとお会いなされましたか?」

「いやいや、もう全員がお美しい。歳をとられた方まで、お美しい。おなあ様のお美しいこと」

「まぁ、おもしろい医師どのですねぇ」

廊下を通ってここまで来る途中、源蔵は何組かの奥女中たちの集団とすれ違い、そのたびにふり返ってほほ笑む彼女たちと目を合わせたのだった。

男が珍しい大奥だとはいえ、年輩の源蔵を見て華やぐような彼女たちの笑い声は、勝気な江戸市中の女たちとはまったく別の美しさに思えた。

「柏原殿。こたびの用向きは、ほかでもありません。上様のご側室になられる方々に、房中術の手ほどきをお願いしたいのです」

「はは。その儀は酒井讃岐守様から伺っております」

「さようですか」

と、おなあがほほ笑んだ。

「柏原どの。上様は御歳三十六になられますが、衆道に親しむことが長く、なかなか女子に近づかれませんでした。わたくしが孫娘のお振に言いふくめて、男子の格好をさせて上様に近づけたところ、ようやくお手が付いたのでございます」

「さようか」

「しかるに、そのお振が先月、病をえて見まかり、もとの木阿弥《もくあみ》。上様におかれては、いまだ女子の良さをわかっておいでではないような。ときおり、小姓衆《こしょうしゅう》を寝所に招くのだとか。そこで、幕閣の方々にも協力をお願い申しあげて、お目見得待遇のお部屋様を増やそうと、そのように考えております」

「さようか……」

「そこで、柏原どのの出番とあいなったわけでございます。どうか、よしなに」

「さようか」

源蔵が同じ受け答えをするので、おなあが訝しそうな顔になっている。

「柏原どの……」

「は？」

「まぁ、よろし。誰か、お楽殿をこれに。柏原殿に紹介しておきたい」

どうにも居心地のわるい源蔵はお妙をふり返ってみたが、彼女はあいかわらず凛《りん》とした風情でじっと前を向いているばかりだ。

ややあって、さっき廊下から見た若い美女が侍女を従えてやって来た。

「楽にございます」

若やいだ風情が心をなごませる。

「こちら、新しい御典医の柏原源蔵どのじゃ。房中術のこと、いろいろと教えてもらうがよい」

「どうぞ、よしなに」

と、お楽が三つ指をついた。

「さ、さようか」

春日局がお目見えに抜擢しただけに、お楽は持って生まれた美貌のうえに、匂い立つような色香である。この美しく若い女人に教える技など、あるのだろうかと思う源蔵であった。

二

のちに四代将軍家綱《いえつな》の母・宝樹院《ほうじゅいん》となるお楽の方は、このころ十九歳の花のさかりである。

「お楽どの、お国はどちらで？」

「下野《しもつけ》にございます」

町娘だったそうだが、もとは下野の国の出ということなら、昨今の江戸娘の典型といえよう。

「さようか。粗茶にござる」

純白の湯帷子に着替えたお楽を前に、源蔵はお茶をすすめた。

「いただきます」

床のことは初めてなのだろう。緊張した心が透けて見えるほど、素直な娘である。

ここは御典医の居室として当てられた納戸である。昼間から床を伸べてあるのは、手っ取り早く診療に入れということなのだろう。暮れ六つ（午後六時）までに御殿を退出しなければならないので、源蔵にもこの措置はありがたかった。

お茶を飲んで気分が落ち着いたのか、お楽は言われないまでも湯帷子を脱ぎはじめた。肌ぬぎになった白い肩が白磁のように輝いて見える。

「ほう、これはまた、美しい乳にござりますな」

白い雪のうえに、薄紅を盛ったような乳首があらわれた。春日局の見る目の確かさに、源蔵は感服しなければならなかった。乳頭の中心がわずかに陥没し、乳首それ自体が受け口の唇のように可憐な表情を持っている。

仕事がら、女の胸は飽きるほど見てきたつもりだが、これほど可憐な形で色彩鮮やかな乳首はそうそうあるものではない。

お楽が肌ぬぎになったところで、源蔵は腰ひもを解いてやった。

「これより床へ」

と、お楽を床のうえに誘った。

「ではまず、尋常にすすめましょう。床のことは、いまだ知らずや？」

「は、はい」

彼女の色香のゆえに、にわかには信じがたい気がした。それとも、年齢がなさせる果実のみのりなのだろうか、娘の沙弥菜にはまだ備わっていない女の成熟が感じられるのだった。

「床に入るときは、上様の動きにあわせて」

と、源蔵は小袖を脱ぎながら、お楽を抱き寄せた。

「このように、上様の肩口に顔をあずけて。いかがですか？」

「……安心できます。とても」

濃厚な色香のいっぽうで、いたって素直な反応である。

「では、さらに尋常にすすめましょう」

と、源蔵はお楽の乳房をゆったりと揉みはじめた。若々しい弾力が心地よい。

「あんッ」

源蔵の指先が乳首に触れた瞬間、お楽がビクンとふるえた。感度のほうも申し分ない。

唇を吸ってみると、みずみずしい湧《わ》き水のように潤いがある。その潤いを堪能するように、源蔵はお楽の首すじから鎖骨にかけて舌をすべらせた。

「ああっ、ここちよい」

ふぅむ、割りと積極的に愉しむほうだな。と、源蔵は彼女の色香の秘密を知ったような気がした。あるいは妙姫のように、すでに自瀆を知っているのかもしれない。

その妙姫は、隣の御典医の診療室でじっと息を殺して耳をそば立てているはずだ。父の酒井讃岐守に源蔵のはたらきを報告するだけでなく、おそらくは彼女自身の性的な好奇心を満たすために。

そう思うと、源蔵にも悪戯心《いたずらごころ》がめばえてきた。

「今日は不夜城《ふやじょう》なる媚薬を持参いたしました。近ごろ評判の如意丹は女陰の活力をうながすばかりにござりますが、これなる不夜城は南蛮渡来の薬草の葉から採ったものにて、女陰に塗布することで即座に潤滑な交合が行なえます」

源蔵は妙姫が好みそうな薬の話を、隣室に聴こえるように語ってみせた。

「ほれ、このように」

乳首に塗ると、お楽は激しく身をふるわせた。

「毛穴にこう塗り込みますと」

「たっ、堪りませぬ！」

お楽が乳首を押しつけてきた。如意丹を塗り込むまでもなく、成熟したお楽の肉体は性感の高みまで到達しているのだ。

「こ、この、ヌルヌルとした……」

喘ぎで声にならないのだろう、お楽が口をパクパクさせた。

この不夜城とは、アロエ系の多肉植物である。肉厚な葉から搾ったジェル状の樹液をそのまま、ローションのように使うのである。

「この不夜城なる薬。舐めても、身体に良いとされております」

そう言うと、源蔵はお楽の乳首にむしゃぶり付いた。白い頂にある薄紅色の果実を見た瞬間から、すぐにも賞味してみたかった。思っていたとおり、乳首の頂点にある窪みが舌先を受けとめるような心地よさだ。

「ああっ、あんっ！」

もう片方の乳首の窪みにも不夜城を垂らしながら、ゆっくりと指先でころがしてゆく。お楽がキュッと太ももを締めるのがわかった。

なるほど、この女子も何かの拍子で女の性感を覚えてしまったのだろう。源蔵が膝頭を太もものあいだに入れると、こんどは股間を押しつけてくるのだった。

「お楽どのは、思いのほか床を愉しまれるようですな。では、いったん気をやっていただきましょう」

源蔵は彼女の首すじに舌を這わせると、指を玉門の中に泳がせた。

「あうぅ……！　んっ！」

溢れる女の樹液で、すぐにジュクジュクと音を立てて泡立ってゆく。イチモツを入れてみたい欲望に襲われたが、源蔵は自分のなかに残っていた若さに苦笑した。

やれやれ、なかなか枯れぬものよ。五十もなかばといえば、もう男の老後だというのに……。

「はぁん、はあっ、はぁ」

お楽が息を荒げている。

じゅうぶんに指がヌルむと、こんどは真根の尖りを指でころがした。

「んなぁ！」

「これはもう、すぐにもイカせまひょ」

薄紅色の乳頭に吸い付くと、源蔵は巧みな指づかいでお楽の性感を追い込んだ。

クリっと音を立てそうな真根の感触に、源蔵のほうも興奮していた。

ふたたび、挿入したい欲望が滾《たぎ》ってくる。

うーむ、いかんいかん。と、大きく息をついて我慢した。それにしても、久しぶりに硬くなったモノには誇らしさを感じた。

「お医師様、も、もう……」

源蔵はいったん指の動きをとめた。

「お楽どの、ひとり慰めなどは好まれますか？」

「え……」

お楽が顔を真っ赤にした。

「やはり、さようでしたか」

「は、恥ずかしい……」

床に顔を押しつけたまま、今にも泣きだしそうな雰囲気である。

「いや、いっこうに恥ずかしがることはございませんぞ。健やかなおなごなら、むしろ勧めたいものにござる」

わざわざ、源蔵は神妙な面持ちで語りきかせた。師の曲直瀬道三は男子の自瀆こそ奨励しなかったが、女子のそれは若返りの術とまで称賛したものである。ならば、小水を噴き出すまで気をやらせたいと思う源蔵であった。

「あぁぅ」

お楽に太ももをしっかりと締めさせ、真根をグリグリと指で圧迫してゆく。圧迫しただけで血がそこに流れ込み、下腹部の血溜《ちだ》まりを膨張させているのだ。

「んあぅ！」

ひときわ大きな喘ぎ声とともに、お楽の腰がブルッとふるえた。そこから先は、しっかりと締めてくる女の絶頂が指先に感じとれた。

眉間をけわしくして、お楽が女の性感を極めたのである。

「いかがでしたか？　と申しても、お楽どのは慣れたものにございましたかな。なかなかの乱れっぷり」

「お、おっしゃらないで」

お楽は顔を伏せたままだ。

「落ち着いたら、湯帷子《ゆかたびら》を直してください。それがしの房中指南は、ここからにござる」

「ここから?」

お楽がようやく顔をあげた。

「さよう。上様をその気にさせるのは、お楽どのの美貌だけにあらず」

そう言うと、源蔵は薬箱から不夜城が入った薬壺を取り出した。

三

「上様は衆道のご経験があるとのこと。されば、このようなことをこころみてください」

「医師様」

お楽が驚いている。なんと、源蔵が越中をからげて、臀部《でんぶ》を丸出しにしたのである。

「衆道とは、このように男子のおいどに挿れまする」

と、源蔵は指を立てた。

「そのような……」

「なにゆえ、男子が衆道に夢中になるのか。ちゃんとした理由があるのです」

「理由が？」

「おいどの愉しみにござる。まずは、お楽どのに味わっていただこう」

お楽が逃げ腰になっている。源蔵の指が鍵型に曲げられ、いまにも自分のうしろの菊門を襲うのではないかと……。

「ははは、気をお楽に。お楽どの」

「医師様はまた、つまらぬ駄洒落《だじやれ》を」

と、お楽がわらった。

それでもなお心細そうにしているお楽の太ももを摑むと、やや強引に彼女の身体を裏がえした。

「ああん、何を……」

相手が未通女《おぼこ》だとはいえ、すでに絶頂に登りつめた自瀆常習者だと思うと、源蔵にも遠慮する気分はうせていた。

「こうでござる、お楽どの」

「ひぃ……ッ！」

いきなり菊門の中に指を入れられ、お楽が形相を変えている。

「このようにすると、もう身動きできますまい」

「う、動けませぬ」

源蔵の指一本で、お楽は身動きできなくなっていた。

「さて、このように曲げてみますぞ」

源蔵はお楽の表情を確かめながら、指をゆっくりと曲げていった。

「あ、あぁッ……」

「いま、お楽どのの子壺を指で押してみました。薄い壁をとおして、お楽どのの産道もこのように」

「あぁんッ！」

お楽が顔をゆがめた。

源蔵はお楽の肛門のなかに指を入れて、それを自在に動かすことで女の内部構造を玩弄《がんろう》しているのだ。

「むぁん！」

「こんどはお楽どのの子壺を、ちょいと裏から押してみました」

「んっ、つ……」

スポンッという音とともに、源蔵はお楽のはらわたから指を抜いた。

「これが衆道の味わいですが、男と女では構造がちがいますので、もっとわかりやすく」

「な、何を?」

お楽が逃げ腰になっている。

「尋常に、女陰に入れますぞ。何を怖れます、治療にござる」

「は、はい」

ついさっき、奈落《ならく》のような女の悦楽を堪能したそこは、おびただしいほどの泥《ぬか》濘《るみ》である。

「ああぅ……!」

「このように、なかで指を曲げますと」

「んぁう!」

ひときわ甲高い声で、お楽が喘いだ。その喘ぎはすぐには収まらなかった。

「ほれ、この弾力のある筋が、真根の奥にある血の溜まりです。これが男の魔羅を大きくするみなもと、女子の真根を硬くするもとにござる」

「ん、んんぁ、う」

産道のなかの快感と、指で圧迫された真根の根っこから湧いてくる悦楽のほとばしりに、お楽が腰をくねらせている。

「血溜《ちだ》まりの蛇《へび》と申します。この術を覚えていただきましょう。上様の菊門にも、このようにして差し上げれば。かならずや、くり返しのお召しがあるものと」

「んあぅ、う、うんっ」

身悶えながら、ふたたびの絶頂に耐えている様子だ。

「では、お楽どのの真根を魔羅に見立てて」

と、源蔵はお楽の股間に口を尖らせた。チュッと全体を唾液《だえき》で満たしながら、お楽の尖りを口にふくんだ。

「あっ！　ああんっ！」

「こ、このように」

源蔵は顔をお楽の股間に伏せたまま、彼女の飛沫《しぶき》のなかで吐き出すように言った。

「このように、魔羅を喉もとまで入れまする！」

「あうぅ！」

お楽の二度めの絶頂だった。彼女は目を剝いたまま太ももを激しくふるわせ、源蔵の頰に体液を噴出させている。

もし気をうしなっていなければ、恥じらいがちなお楽は恥ずかしさのなかで悶《もん》絶《ぜつ》していたことだろう。

「源蔵どの」

「おお、ありがたい。妙姫様」

妙姫が手ぬぐいを持って来てくれたのだった。

「その名前は、奥では使われますな」

「おお、そうじゃったな」

妙姫が失神したお楽を見つめている。

「妙どのは見ておられましたか、お恥ずかしい。それにしても、お楽どのは思いのほか床を愉しまれる方だ。いずれ、上様のお子をさずかりましょう」

この源蔵の見立ては、お楽が四代将軍家綱《いえつな》の生母になることで実現するのだが、それはまだしばらく先のことである。

四

妙姫は七つ半の予鈴を聴きながら、身体の火照《ほて》りを感じていた。

侍女たちがお楽を介抱するのにまかせて、源蔵のほうは大奥を退出する準備をしている。

「当面は、三日に一度でどんなもんでしょうかね」

「おなあ様はとくに何もおっしゃいませんでしたが、出仕のことは、父上から扶老庵のほうに伝達があるものと思います」

いまだ興奮さめやらぬ様子で、妙姫は頬を上気させている。

「退出の刻限がせまっておりますようで、ご先導願おう。この大奥の廊下の道すじは、それがしにはとても覚えきれぬ」

「ボケるのは、まだ早うございますよ。源蔵どの」

「いや、色ボケのほうは、もう若いころから」

お茶の間廊下をへて広敷、その先に表使いの詰所である。

「おや、この刻限に」

と、妙姫は歩みをとめた。詰所の控えの間に人の気配を感じたのである。

「源蔵どの、こっちへ」

妙姫は小納戸に源蔵を手招きした。

小納戸の棚のうえに手をかけて、控えの間の小窓をうかがってみた。三十歳ほどの年増の腰元と同年輩の男が、膝をまじえて談合している様子が見えた。

「これは……、密会です。源蔵どの」

「密会？」

「たしか、あれは鶴女《つるじょ》どのじゃ。男のほうは、はて誰でありましょう？　広敷でも見かけたことがない顔。さては、荷物に隠れて忍んできたか」

「荷物に隠れて？」

「さよう。よくあることなのですが、この雰囲気は尋常な男女の密会とは思えませぬ。鶴女殿といえば、中の丸《なかのまる》の御台所《みだいどころ》様の侍女」

「それはまた、なにやら陰謀めいた空気が……」

控えの間をうかがっていると、女が書き付けを受けとるのがわかった。そのまま書き付けを一瞥すると、女は襖絵《ふすまえ》の当て紙のなかに刺し入れた。

源蔵と妙姫は、思わず顔を見合わせていた。

「あれは……」

妙姫は源蔵の口を押さえた。

「しっ、静かに」

ややあって、控えの間の男女が腰をあげた。驚いたことに、男のほうはヒョイと女物の小袖を羽織り、そのまま七つ口に向かった。女があたりを気にしながら、それを見送るのだった。

「源蔵どの、今宵はお帰りになれませぬ」

「え……？」

「あの書き付け、影写本《えいしやぼん》をとりましょう。これは大奥をゆるがす陰謀に相違ない」

妙姫の確信めいた言い方に、源蔵も気圧《けお》された様子である。

「さぁ、奥医師の部屋に薄紙があるはず。とって返して、写本をとりましょう」

「はぁ……」

困惑している源蔵に、妙姫はこう言い添えた。

「今宵は、わらわの部屋にお泊りなさい」

「へっ？」

「さっそく、お父上の予感が当たったというもの。大奥には上様の世継ぎ誕生を阻止する動きありと、父上は前々から案じておりました。これこそ、われらの役目じゃ。源蔵どの」

「へ、へい」

などと、源蔵が緊張のあまり町人風の言葉になっている。

源蔵を御殿にとどまらせたのは、妙姫のとっさの思いつきだった。しばらくは宿下がりできないと思うと、胸を締めつけられるようなせつない衝動が、源蔵を帰さない言い訳をさがしていたのだ。

二十歳にもなる彼女はいまだに縁談話もなく、大老格《たいろう》として出仕を制限された父親の代わりに、こうして密偵のような仕事に身をやつす日々なのである。妙姫にとって確かなのは、若い肉体の疼《うず》きだけが日々の生活を苦しめることだった。

源蔵が影写本をとっているあいだ、妙姫は周囲に目をくばりながら彼の手もとを見ていた。その洗練された手つきは、医師としてよりも男の成熟を思わせる。その手つきで女の部分に触られ、操られたすえに気を失いそうになった記憶が、胸の鼓動を高鳴らせるのだ。

「ねぇ、源蔵どの」

一心不乱に写本している源蔵には、聴こえなかったようだ。

しばらくは、もう宿下がりもできない。お琴を大奥に入れ、その連絡役として素性を隠しての大奥入りだったが、女にとって大奥という空間は思いのほか制約がきびしい。

そのいっぽうで、男子禁制を謳《うた》いながらも大奥は意外と男子の出入りが自由なのである。原則は九歳以下の縁者、広敷に勤務する幕府の高官をはじめ、医師や僧侶、日用品を納入する業者、庭師に薪人夫、その他、力仕事にかかわる男たちが出入りする。ときには、隠れて宿泊することも少なくない。

今宵、妙姫は父親ほども年上の源蔵を寝所に隠して、女の悦びを堪能するつもりだった。

「さて、できましたぞ。ふぅむ、急いだせいか文字がうわっ滑りな」

と、源蔵が自分の字を評した。

「では、源蔵殿。わたくしの長局《ながつぼね》に」

「はぁ、しかし、やはり帰宅したいのでござるが」

「もう七つ口は閉まりました。これより先は、見つかれば最悪は討ち首獄門、お目こぼしでも遠島はまぬがれますまい。累は娘さんとお弟子さんにも及びまするぞ」

「ええっ……」

「さればこそ、わらわの寝所に」

と、妙姫は源蔵の逃げ道を封じた。

「しかし……、取締役に届けておいたほうがいいのでは？　おなあ様なら、目をつぶってくれるんじゃないですかね」

「いいえ、如何におなあ様でも、知ってしまえば許すわけにはいきますまい。ここは、わらわにまかせて」

「むぅ。さいですかね」

ためらっている源蔵を強引に部屋に入れると、妙姫は奥の間の引き戸に閂《かんぬき》をおろした。

「下ばたらきの者たちが食事を運んでくるまで、いましばらく時間があります」

そう言うと、妙姫は源蔵に掻巻《かいまき》（袖の付いた掛け布団）を渡した。

「身幅《みはば》が合いますかどうか」

「か、隠れておくんで？　姫様」

「握り飯を持ってきますので、しばらく堪《こら》えてくださ い」

そう言い残すと、妙姫はいったん部屋を出た。その凜とした風情は、意志のつよさというよりも、愉しい冒険を前にした少女のかがやきである。

五

そんな妙姫の思惑に、源蔵は困惑していた。

初見のときは、そのじゃじゃ馬ぶりに面白味を感じて、鼻をあかすつもりで診療をやや淫蕩なものにしてみたつもりだ。

だが、相手は娘の沙弥菜とそれほど歳が違わない若い女、それも武家の姫君なのである。好奇心がつよい姫君の遊びに付きあわされるのは困ると思う、そのいっぽうで源蔵は甘美な誘惑に心が蕩けそうになるのを感じていた。

人間、理性だけじゃいけねぇ。身体のほうはもう、こんなになっちまってやがる。なぁに、色事は五十からと言うじゃないか。などと、自嘲《じちょう》しなければならなかった。

「源蔵どの」

と、暗闇から声がした。襖が開いたときにわかったが、もう外は黄昏《たそがれ》どきである。どうりで静かだと思った。

「握り飯を」

「へい、腹が減っては戦《いくさ》はできやせんからね」

「戦だなんて……」

これから二人で何をするのか、暗黙のうちに了解してしまっていた。

「源蔵殿、食べたら床へ。大奥では五つ半（午後九時）には消灯です」

「へい、合点で」

「源蔵どのはまた、そのように町奴のごとき傾《かぶ》き風の言葉づかいを。本当に可笑《おか》しい方です」

「へぇ」

慌ただしく握り飯を食らうと、源蔵は羽二重《はぶたえ》に着替えている妙姫をながめた。やや浅黒く、健康に焼けた素肌がうつくしい。

この若さに惚《ほ》れたか？　などと、源蔵は自分に問うてみた。娘の沙弥菜よりも年上なのが、彼にとってはせめてもの救いである。

年齢のことを考えて、ようやく気づいたのだった。妙姫と向かい合うとき、源蔵は自分の多感だった年齢に戻れるような気がするのだ。

「何を考えておいでです？　こちへ」

妙姫が切れ長の目で誘った。

「では、失礼しやす」

源蔵はすぐに妙姫の唇を吸った。息ができないほど、つよく抱きしめながらの口吸いである。

いま、この瞬間にも長局に居残ったことが露見すれば、たちどころに捕縛されたうえに、きつい折檻《せっかん》を受けるかもしれない。その累は妙姫にもおよぶであろう。しかも彼女は、身分を偽っての大奥出仕なのである。父親の酒井讃岐守に責任をおよばせまいと、拷問に遭っても口を割らない娘だとしたら……。

「妙どの。それがし、身を呈してお守り申しあげる」

「嬉《うれ》しい」

と、二人の吐息が重なった。

「乳を吸ってたもれ」

「へい」

間抜けな返答をしながらも、源蔵の愛撫はさすがに房中術の道をきわめた者にふさわしく洗練されたものだ。乳頭を吸い上げては溶かし、乳暈を木目こまかく舌先でくすぐる。

「あ、あん、あんっ！」

「いい味がしますねぇ、姫様のお乳は」

「たっ、堪らぬ」

源蔵が妙姫の乳首の根もとを、歯で嚙んでいるのだ。痛みと快感がまざり合う地点まで嚙み、悦楽の芯《しん》をそこに搾り出す。

「い、痛い……。やめて！」

「すいません」

「やめないでっ！」

「へい」

ふたたび源蔵は、妙姫の乳首に嚙みついた。

嚙みつくという過剰な刺激と、それがもたらす痛みと悦楽のはざま。そこに房中術を極める境地があるのだと、源蔵は彼女に伝えたかった。

「下も失礼しますよ」

「あんっ！」

源蔵のながい指先が、妙姫の股間の芯に触れたのである。

「うっ、うあぅ！」

「硬い真根にございますね」

「あぁぅ、うっ！」

妙姫の眉間がけわしくなっている。女の悦びを求めて、もう源蔵を急《せ》かすばかりとなっているのだ。

「姫様、例の技を使いますぞ」

源蔵はお楽にしたのと同じ、血溜まりの蛇をためしてみることにした。妙姫の玉門に指を入れ、グイッと折り曲げる。

曲げた指の先に、たしかに充血した海綿体の反応があった。そこを押し出し、真根の土台ごと露出してしまう。見るからに、発情した女のかたちである。

「これでいかが？」

と、源蔵は妙姫の真根がプックリと膨らむのを、指先に確かめた。

「んあぁ、んんっ！」

身体をのたうたせながら、妙姫が訴えた。

「いっ、挿れてっ！」

「へいっ」

源蔵にためらいはなかった。久しぶりにいきり立ったモノを、ヌルミのある箇所に押しつけるだけで、なめらかに挿入されたのである。

「んあぅ！」

ひときわ甲高い喘ぎとともに、妙姫が腰をふるわせた。

つぎに、ヌチャっ！　ジョバっという、男女の淫猥《いんわい》な摩擦音がひびきはじめた。

ジョボっ、ジョッポンと、その音は飛沫を散らすほど激しくなってゆく。

柔らかい乳房を引き寄せるように摑み、そのまま大きな反復力で腰を振った。

驚いたことに、齢《よわい》五十五になる源蔵の股間の力で、妙姫の腰が浮いたのだった。

「源蔵殿！　も、もう」

もう妙姫のほうは、溺死《できし》しそうな相貌である。痛いほどの締め付けに、源蔵も限界を感じていた。

この玉門の締めつけだ……！　食い千切られそうな。と、源蔵はその被虐的な感触を堪能した。

「ひ、姫様、ごいっしょに！」

「源蔵どの！」

「姫様！」

「んなぁ、んんぁ、っ！」

妙姫の股間がはげしく収縮した。おんなの絶頂をつたえる振動に、源蔵も導かれるように反応した。久しぶりに、思いのたけを放つような射精だった。

第三章　将軍暗殺計画

一

翌日、源蔵と妙姫は影写本を持参し、おなあ様にことの次第を報告した。

源蔵にしてみれば、怪しい書き付けを持っていて身におぼえのない詮議を受けるくらいなら、先んじて報告するにしくはないという判断だった。

おなあはしばらく思案していたが、ゆっくりと顔を上げた。

「ふむ。この書き付けは、上様のお渡りを記録したものに相違ない。して、こっちの書き付けは、表御殿での政務の予定でありましょうか、日付が先のものになっておりますなぁ。それにしても、いったい何のために？」

妙姫が言い添えた。

「おなあ様。詰所の控えの間にいたのは、間違いなく鶴女どのでした。この書き付けは、おそらく表の何者かが持ち込んだものでは？」

「何者か、とは誰だと思うのです？　妙どのは」

「それは……」

「鶴女どのといえば、もとは御台所様のお付きの侍女。さてもまた、きな臭い話になりそうな。まことに困ったものです」

源蔵には、おなあの困惑がよくわからないのだった。

「卒爾《そつじ》ながら、おなあ様にお訊きしたいことがござる」

と、源蔵は居ずまいを正した。

「何ですか、柏原源蔵どの」

「はっ、将軍家御台所様は、たしか大奥には居られぬとか。城内では中《なか》の丸《まる》様と呼ばれていること、江戸の町衆のあいだでも噂《うわさ》がしきり」

「ほうほう。町衆もそんな噂を、のぉ」

と、おなあが嘆息した。

「ならば、柏原どのには、つまびらかにしておきましょう」

おなあは茶を啜《すす》ると、源蔵に近寄るよう手招きをした。

「もそっと近ぅ、柏原どの。ほかでもない、上様と御台所様の不仲のことですが、もともと、御台様を下向させたのは、先の御台所崇源院《すうげんいん》（お江《ごう》）様にございます。ご存じのとおり、春日局様とは犬猿の仲だったお江様が、いまの御台所様を江戸に招き、朝廷とのあいだを取り持ったのでございます」

「それは存じておりますが」

「ところが、御台所様は上様よりも二つ年上で、気位の高い公家のお姫様。お輿入れされた当初から、お江様と春日局様の対立の板ばさみになりました。当時はまだ衆道にご執心だった上様が見向くはずもなく、中の丸で暮らしていただくことになったのです。そういえば、もう十七年も前のことになるのですねぇ」

いまの将軍御台所とは、京から嫁いだ鷹司《たかつかさ》孝子《たかこ》のことである。

孝子を下向させた崇源院亡きあとも、孝子派と春日局派の対立があるのは、源蔵にも容易に想像できた。

将軍家光《いえみつ》のお渡りを待つ以外には、これといってすることもない数百人もの女たちが、同じ御殿で過ごしているのだ。女同士の陰謀や駆け引き、泥沼のような勢力争いがあったとしても不思議ではない。

「上様も御台所様の消息を気になされている昨今。御台所様が、もそっと心を開いてくれさえすれば、大奥にももどれましょう。さすれば、この大奥もなごやかな場所になるでしょうに」

と、おなあがほほ笑んだ。

そうではないだろう。と、源蔵は知っているかぎりの材料で、自分なりに考えてみた。もっと政治的な背景が大きいのではないかと思うのだ。

遠因は、二代将軍秀忠《ひでただ》のころの話である。秀忠の娘の和子《まさこ》が後水尾帝《ごみずのおてい》の妃《きさき》として入内《じゅだい》したあと、幕府と朝廷は紫衣《しえ》事件や宮中の風紀取り締まりをめぐり、深刻な対立を生じていたのだ。

禁中並公家諸法度《きんちゅうならびにくげしょはっと》をもって、朝廷を統制しようとした幕府に対して、後水尾帝は抗議の意味をこめて無断で退位し、和子とのあいだに生れた娘の興子《おきこ》を即位させた。これが古代以来の女帝、明正帝《めいしょうてい》である。

つまり、後水尾帝は生涯独身を義務づけられた女帝を即位させることで、幕府からの血すじが続くことを封じたのである。この事態は、朝廷に徳川家の血すじを入れようとした幕府を驚かせた。

時代はくだり、京から鷹司孝子が家光の正室として江戸に下向した。このとき、公家の血すじが徳川家に入ることを幕閣が危ぶんだのではないだろうか。家光が孝子を遠ざけたというのは表向きであって、中の丸に追いやったのは、女帝即位に対する幕府側の仕返しだろうと源蔵は思うのだ。

ともあれ、おなあが大奥における鷹司孝子派の暗躍を憂うのは、取締役としては当然のことだった。彼女自身、春日局の名代にほかならないのだから。

源蔵は先走った気分で、おなあに訊いてみた。

「つまり、この書き付けは、疎んじられた御台所様が、上様の動向を探っていると?」

「さぁ、どうでしょうか」

と、おなあは柔和な表情をわずかに曇らせるばかりだった。

おなあの局を退出してから、源蔵は妙姫に言い置いた。

「お姫さま。これはここだけの話ですが、讃岐守さまには私から伝えておく所存。重大なる陰謀のきざしありと。すなわち、上様を弑《しい》し奉らんとする動きにもとれる、ひそかな陰謀の儀、これあり」

「上様を、弑し奉る?」

「御台所様がそこまで上様をお恨みとは思えぬが、何者か天下に野心の者が大奥で画策することも、まったくないではなかろうと思うのです」

「天下に野心の者とは？」

「改易された諸大名、またはその旧臣。つまり浪々の身になった者たちの不満は、各所にあふれているといいます。さきに起きた、島原《しまばら》の切支丹一揆《きりしたんいっき》がその例」

「わかりました、心にとめておきます。父上にはよしなに」

そんな会話があった夜のこと。源蔵が二日ぶりに城外に退出し、扶老庵に戻ったところだった。

源蔵を七つ口に見送った妙姫は、自分の部屋にもどったところで、異変に気づいたのだった。この刻限には、お琴が上様のお渡りに備えて、白羽二重に着替えて待っているはずなのに、その姿がないのだった。

「お琴どの。いずくにおるのじゃ、お琴」

などと、つい姫様言葉が出てしまう。

お琴だけではない。三人の侍女たちも姿を消しているのだった。

もしや、おなあ様のお召しで。とは思ったが、もう食事時である。このような刻限に召されるはずがない。

仕方なく廊下を行ったり来たり、探していたところ。行き交う女中たちの言葉に立ち止まっていた。

「大納戸で、また裸踊りを？」

「あの御方のたくらみよ。新入りのお武家さんのお部屋、侍女も宿下がりを命じられたとか」

という会話が、廊下ですれ違った女中から漏れ聴こえた。

父酒井忠勝から派遣された警護役ともいえる侍女たちが、お宿下がりを命じられた？　いったい、誰に？

もしや……！　妙姫は小袖の裾を絡《から》げると、広敷向きにある大納戸に急いだ。

二

大奥の裸踊り。

それは新入り女中に対する歓迎の儀式のようなものだ。だが、先輩女中たちの思惑が入り込めば、淫猥な虐《いじ》めに近いものに変わる。

大奥の大納戸。

そこは数百人の女中たちの生活物資から行事の調度品まで、ありとあらゆる物が詰まった倉庫である。だが、防火用の分厚い漆喰《しっくい》で造られた倉は、そこで何が起きても外には漏れない密室になる。

いま、妙姫は悪い胸騒ぎに苛《さいな》まれながら、その密室にたどり着いたところだ。シンと静まりかえっている漆喰の向こうに、あきらかな人の気配がした。回廊をめぐるように、空気抜きの小窓からの灯りをたよりに倉のなかを進んだ。

人の気配は、やがて確かな会話に変わった。

「もう……、やめてください」

いまにも泣きだしそうな声は、お琴のものだった。

もう一人の声の主は？

「お前さん、本当に酒井様の娘なのかえ？　身分を偽ってはるんやったら、総取締役のおなあ様に検めてもらわないとあきまへんなぁ」

京言葉である。さらに、京言葉の主がつづけた。

「お琴さん。その大奥総取締役のおなあさんの肝いりで、お目見得待遇になってるいうんなら、忌々《ゆゆ》しきことやとは思わないかえ？」

間違いない、この京言葉は鶴女だ……。妙姫は相手の人数を探りたかった。三人までなら、自分一人でも何とかなるだろう。

「いい加減に白状おし！」

さっきの声とは違う、若い声だ。これで二人。

「やめてぇ」

どうやらお琴は縄を打たれている様子だ。ときおり、キリキリと縄が軋む音がするのだった。

「鶴女様、襦袢を脱がしてしまいましょうよ。武家の養女とはいえ、このような町娘ふぜい、素っ裸に剝けば、耐える覚悟なんてあるもんですか」

三人目。やや年輩の女のようだ。

「ふふふ、たっぷりと可愛がってあげるから、いい思いをしたいなら、何も答えなくてもいいんだよ」

どうやら四人目のようである。かなり年増の声に感じられた。これで、自分一人では太刀《たち》打ちできないかもしれないと、妙姫は覚悟をきめた。

うしろから当て身で倒せるのは、おそらく二人まで。そう決意すると、妙姫は手拭いを襷《たすき》がわりに袖を端折《はしょ》った。

だが、彼女の動きは相手に見切られていた。いや、お琴を拉致したのも、妙姫をおびき出すためだったのかもしれない。

いきなり脇腹を打たれて、妙姫は昏倒したのだった。暗闇のなかで起き上がったとき、四人の女たちに囲まれていた。

「何者です？　狼藉はゆるさぬ！　わらわを誰だと……」

という姫様言葉が、妙姫の仇になった。

鶴女の顔が喜色満面になっている。

「まったくもう、語るに落ちるとは、このことやわ。酒井のお姫《ひい》さん」

「……！」

闇のなかを逃げようと、妙姫は壁を背にした。

「もそっと、灯りを大きゅぅ」

「はい、旦那様《だんな》」

旦那とは鶴女のことなのだろう。そうすると見慣れない女たちは、彼女が江戸で雇った者たちなのかもしれない。彼女たちの下卑た印象から、妙姫には下ばたらきの者たちだと思えた。

「ほほほ、そっちは行き止まりどすぇ。お姫様」

「むぅ……」

油を足した灯りが大きくなり、妙姫の姿が壁際に照らし出された。

「ほうほう、姫様は襷がけやて。おそろしい」

「旦那様」

と、年輩の女が指示を仰いだ。

「おんなじように、吊《つ》るしてあげなはれ。今宵は見世物がふたつも、愉しい」

そう言うと、鶴女が煙管《きせる》を片手に俵のうえに腰かけた。

「いやッ！」

年輩の女が妙姫の手首をつかみ、若い長身の女が縄をキリキリと巻き付けてゆく。そのまま納戸の壁に押し付けられ、鴨居の木釘に手首をくくりつけられたのだった。

「お姫様！」

お琴の声だった。

「お琴、どこに？」

鶴女がうなずくと、長身の女が灯りを動かした。

「あっ……」

灯りに浮かび上がったのは、壁際に両手を吊るされ、胸をはだけたお琴の姿だった。

頬に痣《あざ》があるところをみると、女たちに乱暴をされたのだろう。首すじの赤い痣は、おそらく吸われたものとみえる。

「どうして、このようなことを？　お答えなさい！」

と、妙姫は思わず声を荒げていた。

鶴女が紫煙を吐き出しながら言った。

「お姫さんのほうこそ、わざわざ身分を隠してますやないか。どないなわけがあって、こないな町娘の侍女になりすましてはるのん？」

「そ、それは……」

「答えられしまへんの？」

鶴女が顎をしゃくると、年輩の女がお琴の乳房をわしづかみにした。

「ああっ」

根もとをギュッと搾りあげ、爪を食い込ませているのだ。お琴が堪らずに嗚咽《おえつ》をもらした。

「やめさせて！」

「うん、やめさせろて？　はぁ、ほんなら、お姫さんをいたぶりまひょか」

と、鶴女が顔をほころばせた。

「お使番やて？　お姫さんが身分を偽ったんは、おなあさんもご存じなんやろうか。それが知りたいんやけど、答えてもらえんやろか」

という鶴女の言葉の真意を、妙姫は猛烈な速度で考えてみた。

おなあをはじめとする春日局派が、鶴女が仕える御台所派とはげしく対立しているのは妙姫も熟知している。

御台所が大奥を退去させられている現状では、御台所派としてはせめて春日局派の奥女中たちを一枚ずつ剝《は》がして、お世継ぎを産ませないようにするしかないはずだ。

だから、こうして身分詐称をあばいて、お目見得待遇のお琴を追い落とそうとしているのだろう。いや、お琴は父上の養女にまちがいないのだから、追い落とすことはできないはず……。

そこまで考えて、妙姫は愕然《がくぜん》としていた。身分を詐称しているのは、ほかならぬ自分なのである。そうすると、父上に累がおよびかねない……。

「もひとつ、あるんどすえ。酒井の殿さんが御典医に推薦した柏原源蔵いうお方が、お楽さんに房中術の手ほどきをしたとか。どないな手ほどきなんやろ？　知りまへんのか？」

「し、知らないわ」

「知っとるんやないんですか？　来月は上様のお渡りも多くなりそうやというのに、このままでは先陣争いに勝てへんわ。ほんまに知らんかどうか、しゃべってもらいまひょ」

これでハッキリした。と、妙姫は自分の推理に確信が持てた。

近ごろ、御台所の侍女でお理佐《りさ》の方という美しい腰元が、お目見得待遇で部屋をかまえたという。鶴女が言う「先陣争い」とは、戦乱の時代の隠語で、側女が正室と床を争う意味なのである。

だが、相手の意図がわかったからといって、目の前で行なわれようとしている凌辱劇を回避できるわけではないのだ。

三

鶴女が目くばせをすると、年輩の女が背の高い女に命じた。

「お琴の着物を脱がしなさい」

「いやッ……！」

強引に裾をわけ、お琴の帯がほどかれてゆく。

「やめさせて！」

妙姫が叫ぶと、鶴女がニヤリと笑った。

「ほんなら、お姫さんに脱いでもらいまひょか、ねぇ」

「……！」

煙管を片手に鶴女が立ちあがったので、妙姫は思わず肩をふるわせていた。

新米女中が大奥の裸踊りで先輩女中たちに苛まれたすえに、子供が産めない身体にされたという噂を思い出したのだ。

妙姫の怯《おび》えを察したのか、鶴女は、

「殺しゃしませんよ、酒井のお姫さん。その代わり、子供が産めなくなるのは覚悟したほうがええんやないですやろか。このひとたち、手荒いもんやさかいに」

などと、脅すようなことを言う。

「この大奥で子供が産めない身体になったら、そらもうあんさん、いてはる意味ありまへんもんなぁ」

「………」

この大奥で女同士の戦いがあるとしたら、その究極の形は相手を子供が孕《はら》めない身体にすることであろう。子を産めなくなった女は、ここにいる意味がない……。そのおぞましい意味合いに、妙姫は身が凍る思いだった。

そうしているうちに、お琴が腰巻一枚にされてしまった。豊満な太ももが行燈《あんどん》の灯りを受けてかがやき、いつもよりもいっそう艶めかしく感じられる。

「湯文字を解いておあげ」

と、鶴女が愉しむように言う。

「ああっ、いや……」

ついに、お琴の女の表層があきらかになったのだ。キュッと引きしまった三角州に、煙るような繊毛が貼り付いている。

「あれ、見事な黒苔《くろこけ》どすなぁ」

と、鶴女がそれを評した。

「ほう、一首、浮かびましたなぁ。

みず苔ゆ　わか洲をつくる　白肌の　もみじにやこそ　淵《ふち》は染めにし

姫様、わかりますか？」

「…………」

「お武家さんは、詠歌など好まれませぬなぁ、ほんに。大意は以下のごとく」

と、鶴女が諳《そら》んじた。

「このように、みずみずしい流れのなかで苔がむして、新しい洲をつくるほどなのですから、もうあなたの白肌の淵は、さぞかしもみじのように赤く染まっていることでしょうね。肌の淵とは、赤き女陰なり」

鶴女が詠歌を訳したのと同時に、年輩の女がお琴の膝を持ち上げた。

「いやっ」

お琴の女陰が晒されたのである。

「いやぁーッ！」

鶴女が詠ったとおり、お琴の女陰は真っ赤に染まっていた。まさに、みずみずしい女の樹液にみたされ、盛り上がった淵にたゆたうばかりだ。

「お松《まつ》はお琴さんに鵯《ひよどり》の技を、お竹《たけ》は乳を吸っておやり。お梅《うめ》は口を吸いなはれ」

などと、鶴女が女たちに指図した。なるほど、松竹梅と名付けたのがわかりやすい。と、妙姫は痴辱に耐えながら感心してしまっていた。

鵯の技とは、会陰《えいん》部への舌技だとすぐにわかった。お松と呼ばれた年輩の女が、お琴の女の部分に舌を使いはじめたのである。お松はジュクジュクと音を立てて、お琴の樹液を啜っている。

「ああん、あッ！」

お琴が曲げられている膝を動かして、何とか股間を締めようとした。ちょうどお松の頭を挟み込むような格好になって、女の力くらべが火花を散らした。

「おやおや、何をやってるのかえ。もそっと力をこめて、脚を吊るしてしまえばよろしいのに」

などと、鶴女がいら立っている。

すぐに長身のお竹が、お琴の脚をかかえ持った。グイと膝を引き上げて、手首を戒《いまし》めている縄の余りを引っかけている。

「いやぁーッ！」

引っ掛けられてしまえば、お琴の女陰から菊門にかけて、最も女らしい部分がまる見えになるのだ。

「おとなしくおし！」

「いやです、後生ですから……、ああッ」

若いお梅も、お竹に力添えしている。

「あ、あああッ！」

お琴の必死の形相に、妙姫は目を開けていられなかった。

それでも、ほとんど無意識のうちに声を発した。

「おやめなさい！　これ以上の狼藉はゆるしませんよ！」

「ほう、お姫さんは元気がいいことですね。お琴さんの代わりに、答えてくれればそれですむこと。柏原源蔵とやらが、お楽さんにほどこした床技、おしえてたもれ。たしか、血溜まりの蛇やとかいうそうですね」

「何のことでしょう。とんと」

「媚薬は如意丹というそうですね？　処方をおしえてたもれ」

「……。し、知りません」

「ならば、お琴に苦しんでもらうだけのこと。お琴が子供を産めない身体になっても、ええのんどすか？」

「………」

如意丹の処方ぐらいなら、おしえてもいいような気がした。

だが、妙姫は調合法を詳細に知っているわけではないのだ。まして、源蔵がお楽にほどこした血溜まりの術を、鶴女に教えていいものかどうか。

あの菊門から血溜まりを刺激する術は、衆道になれ親しんだ上様が相手ならばこその妙技であろう。同時に男の急所を突く必殺の秘術であることも、妙姫は理解していた。

源蔵は「上様を弑し奉らんとする動きにもとれる」とまで言ったのだ。上様を殺害する機会があるとしたら、大奥の床のなかだとしか考えられないのだから。

「そぉら、お琴の玉門がまる出しになりましたよ。姫さんも冷たいお方じゃゃ、かりそめにも姉であるお琴の哀れな姿を、見て見ぬふりとはのぉ」

などと、鶴女が妙姫に言いつのった。

「なんとまぁ、お琴さんの真根の大きなこと。お松や、たんと吸っておあげ。お竹も、お琴さんの乳が寂しがってますよ」

これは、女衆道だ……。妙姫はようやく気づいていた。精門の技や如意丹の調合法を訊き出すことよりも、お琴を辱めているのはこの女たちの性癖なのだと。

「どうかえ？　お琴さん」

などと、鶴女もお琴の顔が美しくゆがんでいくのを、恍惚とした表情で眺めている。

「あぁう、た、堪らないわ」

お竹とお梅が同時に、お琴の左右の乳房に吸いついたのである。双球の頂を同時に吸われる快楽に、お琴の瞳が蕩《とろ》けそうになっている。

「ほほほ、この双《ふた》つ啄《つい》ばみを覚えてしまうと、男では飽き足らなくなるはず」

と、鶴女が心地よさそうに笑った。

「ああん、あんッ」

左右両方の乳首を同時に吸われ、お琴は息つく暇もない悦楽に身悶えている。

「ほほほ、心地よさそうなこと」

と、鶴女が喜色満面である。おそらく彼女自身も、女衆道に通じているのだろう。

「もっと感じるとよろしいわ、お琴さん」

鷹司孝子が江戸城に降嫁《こうか》してから、すでに十六年にもなる。齢三十前後の大年増であるはずの鶴女は、そうすると十代なかばの未通女のまま、女ざかりをむなしく過ごしてきたことになる。公家の出だとすれば、下ばたらきの女たちのように宿下がりもできない。

そんな女の寂しさが、いつしか女同士の性のいとなみに向かわせたのだろう。

お琴が身悶えている姿を、食い入るように見つめる鶴女の頰が紅潮しているのを、妙姫は見のがさなかった。

「うあぅ、あっ、ああッ！」

お琴の乱れっぷりに、鶴女が見入っている。

「も、もう……」

「二人がかりで乳を吸われたくらいで、こないに乱れるもんですか。関東のお武家さんは軟弱なことよ」

などと、面白そうに笑いながら、鶴女はお琴の表情の変化を見守っている。

「あはぁ、つ……！」

お松が口をつけて、お琴の真根を吸いはじめた。

「ほう、これは堪るまいのぉ」

と、鶴女が目をかがやかせた。

さらに鶴女は、指をさしながら言うのだった。

「もろに吸われておる。お姫様、こないなことは、いかがですかいなぁ？」

「……！」

もう、妙姫は見ていられなかった。

妙姫も、女の悦楽を知らないわけではない。むしろ、快楽に身をゆだねる愉しさにこそ、生きている実感を確かめたこともある。

だが、無理強《むりじ》いで喜悦の淵を辿《たど》らされるのは、怖ろしさしか感じられないのだった。それも、女の悦びを知った歳かさの女たちに好きなように嬲《なぶ》られる？

「そろそろ、降ろしなはれ。わてが相手をしますさかいに」

と、鶴女がお松の肩を叩いた。

「はい、鶴女さま」

見ていると、鶴女が小袖を脱ぎはじめた。三十女にふさわしい豊満な乳房がはずみ、闇のなかに光沢を放った。

「可愛い、お琴さんよ」

燃えさかるような瞳が妖艶に、夜の闇を支配した。

「お松、お琴さんの手をほどきなさい」

と言いながら鶴女は赤い湯文字をほどき、股間の菱形の翳《かげ》りをあらわにしている。

「手ぇはそのまま、縄を鴨居からはずしておやり」

何をするつもりなのか、若いお梅が綿入り布団をはこんできた。

るのを感じた。

四

「酒井のお姫さんは、女衆道をご存じかえ？」

やっぱりだわ……。妙姫は鶴女のその言葉に、おぞましい世界に足を踏み入れ
「お琴をこちへ」

綿入り布団のうえに横たわり、鶴女がしどけない仕草でお琴を待ちわびている。

「ほほほ、怯えることはないのに」

いよいよお琴が布団に上がらされると、鶴女はすぐにその肌に舌をすべらせた。

「食べごろのお乳に、美味しそうな福メコよのぉ」

「や、やめてください」

「ふたつ巴《ともえ》、ご存じかえ？」

と、鶴女が身体を入れかえた。いまでいう、シックスナインの体位である。

鶴女は上になると、お琴の股間に首を入れた。

「あぁ！」

鶴女の舌先が、お琴の玉門を舐めはじめたのである。しばらくその味を堪能すると、顔をあげて言うのだった。

「お琴さん。先に気をやったら、負けどすえ。負けた罰に、子供の産めない身体にしますよって、お気張りなさい」

お松がお琴の耳もとに口を寄せた。

「あんた。このやっとこを子壺に入れられて、卵の巣を引きずり出されるんだよ」

「……！」

お琴が声をうしなっている。妙姫も茫然《ぼうぜん》としていた。女同士の衆道で、先に逝ったほうが卵の巣を引き出されるというのだ。

「そんなこと、なりません」

と、妙姫は思わず声を出した。

子供を産めない身体にする！　子作りが目的の大奥ならではの、おんな同士の命がけの戦いを見る思いだ。

いまだに将軍家光公が男子をなしていないのも、身ごもった側室はすぐさま対立する御局《おつぼね》たちによって、ほおずきの根を煎《せん》じた堕胎薬を盛られるという噂すらあるのだ。ましてや、お目見え以下の侍女が上様の目に止まりでもしたら、集中的な私刑で子供を産めない身体にされることもあるという。

「ああっ、あぁぁん！」

見ると、お琴が一方的に責められている。玉門の肉扉を左右に引っぱられ、その合わせ目にある真珠色の突起が舌先で圧迫されているのだ。

「あぁぅ！　あっあッ」

「なんと硬い真根でしょうなぁ、お琴さんのは」

「あうッ！」

鶴女の指が玉門に侵入し、裏側から真根を持ち上げたのである。ピッタリと挟まれた真根が悲鳴をあげた。

「も、もう。ゆるして」

もう半刻（一時間）ちかくも、お琴は四人の女に肉体を弄《もてあそ》ばれているのだ。女の性感を知りつくし、急所の攻め方を熟知した同性の手で、すでに固有の弱点まで知られてしまっていた。

「ここやわ、お琴さんの啼《な》き所」

「んなぁ、つ……！」

それは、真根の下にある襞の内側だった。生殖溝の前庭部にある女の液腺から、ほとばしるように湧き出る淫蜜。そのヌルミが嫌でも性感を搔き立てるのだ。

「おほほほ、武家の女子はこないに弱いのかえ」

などと、鶴女は余裕綽々《しゃくしゃく》である。ときおり、手をのばしてお琴の乳房をつかみ、その頂にある敏感な突起を嬲っている。そのたびにお琴はせつなそうに喘ぐのだった。もはや、鶴女の急所を責めるどころではない有様だ。

「ほほほ、お琴さんの乳首は可愛らしい」

「いやッ、もう触らないで」

何度も摘まれるうちに、お琴は感じすぎたのだろう。痛みと快感のはざまにある、自分では制御できないところまで、彼女の性感は昂じてしまっていた。

目をそむけていた妙姫は、そんなお琴の異変に気づいていた。

「あッ、ああッ、あうん！」

あきらかに絶頂の兆しである。

「もう、やめてください。鶴女さま」

と、妙姫はすがるように懇願した。

「言うのかえ？　柏原源蔵とやらの、房中術の秘技を」

「は、はい」

妙姫が思わず目をとじた時、お琴がけたたましい声を発した。

「ダメです、お嬢様！　この者たちは幕府を転覆させようとしている悪者なのです。お嬢様が来られる前に、わたくしは根掘り葉掘り、ぬし様のことを訊かれました」

「お黙り！」

と、お松がお琴の首をつかんだ。

「柏原源蔵どののこともいろいろと厳しく訊かれました、お嬢様のことも。この者たちは、良からぬことを企《たくら》んでいるのです」

お琴の言葉は具体的ではなかったが、春日局およびおなあの大奥取り締まりに、鶴女の一味が謀反《むほん》しているのは明らかである。

「そら面白いわ」

と、鶴女がゆったりとした京言葉で目を輝かせた。

「うちが二人とも捕えたんは、こういう流れを読みきったからなんどすえ。お松とお竹！　姫さんの小袖を剝ぎ取りなさい」

「はい、鶴女さま。よろこんで」

と、お竹が腕をぶした。

「鼻っ柱の高い武家のお姫様が相手だなんて、虐め甲斐《がい》があるわねぇ」

などと、お松も粘っこい視線で妙姫の表情を覗きこむのだった。

「おほほほ、お琴さん。お前さんが黙ってると、お姫さんが恥ずかしい思いをされはるんですよ。血のつながりがないいうても、お妹さんやありゃしゃいませんか。ええのんどすか？」

鶴女が身体を入れかえて、お琴の耳もとに囁《ささや》いている。

「お琴殿は、何も知らぬのです。訊いても無理というもの」

そんな妙姫の助け船は、彼女自身を苦しめる結果になった。

「そうかえ。ほないなことやったら、嫌でもしゃべりたくなるように、お姫さんの身体に訊いてみまひょう」

「え……！」

「お松とお竹。お姫さんがしゃべりたくなるように、可愛がっておやり」

そう言うと、鶴女はふたたびお琴の豊満な肢体に愛撫をくり返すのだった。あきらかに、彼女自身の肉の欲望がそうさせているのだ。

「ああッ！」

妙姫の身体は、長身のお竹に羽がいじめにされていた。

「可愛らしい顔をして、身体のほうは好きものらしいねぇ」

などと、お竹が嬲るような言葉を吹き込んでくる。

「武家のお姫様がどんなよがり声で啼くのか、一度は見てみたかったのさ」

「ああッ、いや！」

お松が体力にまかせて、妙姫の胸もとを分けたのだった。

「可愛いお乳」

と、お松が舌なめずりした。

若々しい小ぶりな乳房がツンと上を向き、その頂に薄紅色の茱《ぐみ》のような乳首が収縮している。

「ほほほ、お竹や。お姫様の薄紅色の乳首。真っ赤に腫《は》れ上がらせてごらんなさい」

「はい、鶴女さま」

「いやッ！　す、吸わないで！」

お琴がされるのを見ていただけに、同性の衆道への恐怖が妙姫を怯えさせた。

「怖がることはないさ、酒井のお姫様」

「さわるでない。父上様に言いつけますよ！　無礼者っ！」

妙姫の凜とした態度に、お松が戸惑っている。出が町人か村娘なのだろう、武家の姫君の気迫に気圧されているのだ。

「寄るな！　下女の分際で、老中酒井讃岐守忠勝が娘、妙姫を愚弄《ぐろう》するとは、その罪、万死に値する。控えおろう！」

お松がとっさに跪《ひざまず》いた。お竹もそれに倣《なら》った。

「縄を解くがよい」

「……はぁ」

「なかなか神妙なことよ。この縄をほどけば、一命は助けて進ぜる」

「ははっ」

お松とお竹がうろたえるのを見て、鶴女が激昂した。お琴の腰に馬乗りになったままである。

「ええい、何を怯《ひる》んでおるのじゃ、お松にお竹！　お梅っ、代わりに妙姫を素っ裸にしなさい！」

「はい、鶴女さま。おまかせを」

身分的な躾《しつけ》が染みついている年上の二人とちがい、若いお梅は妙姫の気風にたじろいだ様子はない。もとが武家の従者の出なのだろうか、彼女は憶するどころか妙姫に憎しみを抱いているようにすら感じられる。

「やッ、やめよ!」

「何を偉そうに。いい気になるんじゃないよ、苦労知らずの姫さんが」

妙姫の小袖は、アッという間に剝ぎ取られていた。

「たわいもないね、武家の女が」

「うう……」

妙姫の肌襦袢の前がはだけ、若々しい乳房がのぞいた。反射的に締めた太ももと下腹を飾るように、あざやかな朱の腰巻きがふるえている。妙姫はキッと結んだ唇をわずかにゆがめた。

お梅がニヤリとわらった。

「どうだい、酒井のお姫様。腰の湯文字は自分で脱ぐかい、それとも火を点《つ》けてやろうか。西国《さいごく》じゃ、伴天連《ばてれん》の女の腰巻に火を点けて、転ぶまで火踊りをやらせるそうだよ」

「ひ、火踊り……!」

妙姫は思わず顔をこわばらせた。

「それは面白いわ、酒井の姫さんを踊らせまひょ」

と、鶴女が嬌声《きょうせい》をあげている。

「姫さんが裸踊りをしながら、泣きわめくところ。下《しも》の髪がチリチリと焼けるところを、ぜひとも見てみたいもんです。お松、行燈の油をこっちに」

「はい、旦那様」

「い、いやーっ」

妙姫は思わず泣きそうな声を発していた。下女たちをにらみつけていた強い視線が、こころなしか力をうしなっている。

ついさっき彼女の前に跪いたお松が、行燈の火を翳《かざ》そうとしているのだ。

「おっほほほ、お姫さんの火踊り。見ものですねぇ」

鶴女が喜色満面である。暗闇のなかに、油を注がれた炎がボウと燃えさかっている。

「いやッ、いや。やめて！」

手首を戒められたままの妙姫はもう、腰巻に火を点けられる前から足踏みをしている。自信のある体力にものを言わせて、行燈を蹴《け》り上げる算段なのだろう。

「ほっほほ、元気がいいこと。その腰巻は木綿のようですねぇ。木綿は麻とちがって、ジワリジワリと焼けるそうですよ。せやったら、今からあんまし動いてはると、あそこの毛ぇが焼けるときに動けまへんでぇ」

あきらかに、鶴女は妙姫の狼狽を愉しんでいるのだ。ながい大奥暮らしで鬱屈《うっくつ》した女の感情が、彼女のなかにある残忍さを剝《む》き出しにしているのだろうか。燃えさかるような憎悪の裏側にあるものを想像して、妙姫はそれを心から怖ろしいと思った。

「こんなこと、おやめなさい。何か奥の処遇に意見あれば、わらわから父上に申してみます」

と、思わず説得するような口調になった。鶴女への同情がそんな言葉を言わせたのかもしれない。

「ですから、こんなことはもう」

「うん？　小娘が、何を偉そうに。お梅や、たーんと、姫さんの腰巻に油を染ませておあげなさい」

「いやッ、やめて！」

西国での伴天連への拷問は、何度か妙姫も眉をひそめながら聞かされたことがあった。男は夏の暑い盛りに蓑《みの》を着せられ、その蓑に火を点けられるのだという。

改宗をしなければ、炎に包まれ悶え死ぬしかない蓑踊りである。

茫然としている妙姫の襦袢に、鶴女がゆっくりと手をかけた。

「やめてくださいっ」

「襦袢は脱ぎましょうなぁ、腰蓑で踊ってもらいまひょ」

「あ、ああっ」

妙姫の上半身があばかれ、可憐な乳房が炎の前でゆれた。

いよいよ、腰巻きに火を点けられる……？　女にも腰蓑踊りをさせるとは初耳だったが、鶴女の言葉が妙姫を愕然とさせた。

「腰巻が燃えると、お乳が炙《あぶ》られるそうやなぁ。まことに熱いことでしょうなぁ」

「い、いやよ。炙られるなんて」

ふだんの何倍も炎を高くした行燈が、いったん妙姫の頬を照らすようにかかげられた。頬が焼けるように熱い。

「おほほほ、綺麗な顔も真っ赤に焼けるんどすえ」

「やめて！」

炎の音が耳もとにせまってきた。

「ああっ、源蔵どの、父上様……。助けて」

妙姫は目をとじた。

五

「きゃぁーッ、やめてぇ！」

妙姫が絶叫したところで、お松の火責めは終わっていた。

「ああッ！　あッ、あッ」

妙姫は脚をジタバタと踏みながら、腰巻に点いた火から逃れようとしている。

「お姫さんは何をやってはるん？　火ぃなんか点いてへんやないの」

と、鶴女がその様子をわらった。

「大納戸で火なんか出せますもんか、あほらしい。姫さんに怯えがついたとこで、白状してもらいまひょ。お琴さんがもう、逝くすんでのとこやし」

見ると、お琴が鶴女に組み敷かれたまま、表情を茫然とさせているのだった。

「お琴殿！」

「もう聴こえてへんのやないやろか、お琴さん。玉門に、如意丹を挿れましたさかい」

「如意丹を？」

妙姫は愕然とした。部屋の侍女たちに宿下がりを命じたのは、御台所様……？

いずれにしても、侍女たちを部屋から出して、薬箱を開けたのにちがいない。

「お琴さん。逝ったら、子壷から卵の巣を引き出しますえ」

「ああッ！　あッ、あ！」

「どうせのことやわ、お琴さんには潮を噴かせましょう」

そう言うと、鶴女がお琴の生殖溝のなかに指を挿入した。

「んあッ！」

人さし指と中指を折り曲げながら、お琴の最も感じる箇所を探り当てているのだ。

「あうッ！」

お琴がひときわ高い反応をしめした。

「見つけたわ。ここね」

「あッ！　ああッ！」

お琴が狂ったように腰をふるわせている。

鶴女はお琴に指を刺し入れたまま、ジュクジュクと内部を泡立てている。さらにお琴の弱点である真根の下、淫蜜の湧き出る箇所に尖らせた舌先を入れているのだ。

お琴のほうは、もうされるがままに首を振っているばかりだ。眉間にけわしい表情と恍惚としたものがまざり、女の絶頂まで追いつめられているのは明らかだ。妙姫が驚かされたのは、お琴の顔のうえで動いている鶴女の生殖溝から、粘りのある女の樹液が滴り落ちていることだった。

彼女は根っからの女衆道の愛好者なのであろう、すさまじい欲望に憑《つ》かれてお琴を指姦《しかん》するいっぽうで、情欲の炎に包まれて見える。

ときおり、お琴の肩口に女陰を押しつけては背すじをふるわせては、

「んおぅ、んぁっ！」

と、牝獣のような咆哮《ほうこう》を放つのだった。

その咆哮に、お琴の胎内からひびく飛沫の音が混じりはじめた。喘ぎを堪えていたお琴が、いよいよ呼吸を乱しはじめた。

「逝くのよ、お琴さん」

鶴女の指が目で捕えられないほど速さを増した。

「んッ、んあぅ！」

ひときわ甲高く、お琴の喘ぎがひびいた。声をおし殺しながらも、喉の奥から喘ぎが抑えられないのだろう。美麗な鼻腔がひらき、すすり泣くような嗚咽《おえつ》がもれた。

「んッ!!」

鶴女の手で広げられていたお琴の太ももが、キュッと締め付けられている。お琴の絶頂の瞬間だった。脚の指先がピクッピクッと痙攣している。

「逝きはりましたな」

勝ち誇るように、鶴女がお琴のなかから指を抜いた。

もうお琴は身動きもしない。太ももを締めたまま、自分のなかに生まれた官能の悦楽を噛みしめているのだ。

いや、それだけではなかった。ピッタリと閉ざした太ももから、愛液とは明らかに違う液体が流れ落ちはじめた。鶴女が予告したとおり、お琴は潮を噴かされてしまったのである。

すぐに、お琴の太ももから流れ出た液体が床にひろがった。

「ああっ、ああ……」

お琴が泣きじゃくっている。

「お松、お琴さんに手拭いを。お梅も手伝いなさい」

鶴女はさすがに公家の出らしく、お琴の恥辱的なあと始末を侍女たちに託した。

その鶴女のほうも、お琴の肩口に真根を押しつけたまま、腰を断続的にふるわせている。お琴の絶頂に合わせて、女の悦楽を噛みしめたのだろう。

しばらくのあいだ、誰も言葉を発しなかった。噎《む》せるような女の匂いに満たされた納戸のなかを、小窓からの風がわずかに掻きまぜている。

鶴女が先に起き上がった。

「気持ちよく逝きはったみたいやね、お琴さん。そしたらな、子壺から卵の巣ぅを引きずり出しまひょか」

ややあって、お琴が号泣した。恥辱的な失禁をしてしまったうえに、女の生殖機能を奪われる恐怖に身悶えている。

「いやよぉ、もう……」

「鶴女様。ダメです、そんなことは！」

妙姫も泣きださんばかりに懇願した。

「お願いです。やめてください」

「お竹や、やっとこをお松にお渡し。お松、お琴さんの卵の巣ぅを引きずり出しなさい」

　と、鶴女は意に介さない。

「お梅、お琴さんに猿轡《さるぐつわ》を噛ませなさい」

「ダメです！　鶴女様」

「うるさいお姫さんやなぁ。ほんなら、お前さんが代わりに卵の巣ぅを引き出されますか？　どないです」

「そ、そんな……」

「どうしてもダメ言うんなら、柏原源蔵の性技とやらを教えてたもれ。血溜まりの蛇とやらを」

「…………」

　仕方がない……。妙姫はみすみす鶴女たちに捕えられた自分を悔みながら、追いつめられた思案にくれた。

「も、申します！　源蔵どのがお楽様に教授した房中術の秘技を」

「そうかえ」

　鶴女が拍子抜けしたようにふり返った。

「お姫さんが最初からそう言えば、お琴さんも恥ずかしい目に遭うことはなかったかもしれないのにねぇ」

などと、お琴をいたわるように抱き寄せるのだった。この三十女にとって、同性を嫐るのは何ものにも代えがたい愉しみの時間だったのだろう。たった今まで精気に満ちていた顔に落胆がみえ、拍子抜けした表情がやつれて感じられる。

「申します」

と、妙姫は顔を真っ赤にしながら言った。

「男子の衆道の技のごとく、菊門に指を入れて……」

ハァハァと息を乱しているのは、話の内容がさせる恥ずかしさだった。

「ち、血の溜まりを、押すのです。さ、さすれば、えも言われぬ悦びが上様を驚かせるであろう、と」

「はて、衆道の技とな……」

鶴女が困惑している。

「どのようにするのか、お琴さんのオ×コでやってみせよ」

「え……」

妙姫が困惑すると、鶴女はふたたびやっとこを手にした。

「しないと、お琴さんの子壺をつぶしますよ。姫さん、お乳もひねりつぶしまひょうか、のぉ」

「し、します!」

もう、ためらってはいられない。

妙姫は意を決すると、お琴の女陰のなかに指を入れた。

「このようにして、指を曲げます」

「あうッ!」

と、お琴が腰をふるわせた。ブルブルッと、彼女の意志に反して豊かな腰が動いたのである。お琴の瞼《まぶた》から涙があふれた。柏原源蔵の手で房中術をほどこされたお琴の肉体は、彼女自身が理解していた以上に、深いところまで開発されていたのだ。

腰をブルブルッと痙攣させながら、お琴が髪をふり乱した。妙姫は思わず指を抜こうとしていた。

「なるほど、おなごの身体とは、哀しいものよのぉ」

鶴女が目をそらすように首をかたむけた。

「つづけよ、妙姫! 血溜まりの蛇じゃ」

武家の女を組み伏した気分なのか、鶴女は居丈高《いたけだか》に妙姫に命じた。

「はようしなされ、姫さん！」

「は、はい。ちょうど、真根の血溜まりを押すように。さすれば、えも言われぬ悦びが……」

妙姫は源蔵がそうしたように、内側から圧迫されて飛び出した真根を魔羅に見立てて、その突起を口にふくんだ。

「んッ！　んぁ」

お琴が愉悦の表情をみせた。ついさっき逝かされたばかりの内部から、ジュッと女の樹液が飛び出した。

その部分を、鶴女が目を凝らして覗きこんでいる。

「これが、男子の場合だと……。そうやなぁ、魔羅の裏側に。なるほど、血溜まりの蛇とは、そういうことでありましたか」

鶴女は納得した様子である。

「柏原源蔵とやら、曲直瀬道三の弟子すじだけあって、技を極めたるものかな」

と、鶴女が嘆息した。

「ところで、酒井の姫さん。いずれにしても、姫様にも女衆道の手ほどきをしてあげまひょう」

「なッ……！」

　妙姫は思わず壁に背をつけていた。

六

「ほっほほ、そんなに怖がりはらんでもええんやないの」

　手首を縛られ腰巻一枚の妙姫に、鶴女がにじり寄ってきた。お琴との女衆道の睦み合いで、彼女の全身は紅潮している。

「大奥では、こないして女同士で慰め合うんどすえ。ぜひにも覚えなさい」

「そのようなこと、わらわは……」

「可愛らしいお乳」

　と、鶴女が妙姫の胸にふれてきた。

「いやッ、やめて」

　指先で摘みあげ、硬くなっている乳頭をコリコリと揉みほぐしてくる。

「んあッ……！」

「たいそう感じやすいようどすえ、この姫さん」

「いやッ」

「イヤやイヤやと、身体のほうが悦んでから。えらい好きものやないんかしら」

鶴女は妙姫と脚を交差させ、松葉の体位で股間を合わせてきた。ちょうど、お互いに女の底が接する体勢である。

「ああッ！」

いきなり、ヌルリとした生殖溝が重なり合い、真根がお互いの鼠頸部《そけいぶ》に押しつけられたのだった。

「ああん、姫様の真根、硬ぅおすなぁ」

秘貝を合わせながら、鶴女がその接合部をグイと密着させてきた。そして、いきなり引くのだった。

「いかがどすのやろ、これが平安の都に伝わる貝合わせどす」

引かれた瞬間、妙姫の内部がキュンと引っぱられた。

「あうっ！」

「ほほほ、やっとこなんて使わないでも、お姫様の卵の巣ぅを、引きずり出してあげまひょ」

という鶴女の言葉に、妙姫は身体を切り取られるような恐怖を感じた。鍛えた膣圧なら負ける気はしなかったが、吸引されるのは初めての経験である。

ニキュッ、ニュキュ、と吸い込まれるような感触が怖ろしい。

「ああッ、ゆるして！」

妙姫は恐怖と悦楽のはざまで身悶えた。

「ほほほっ、お姫さんが泣きだしそう。これは愉しい」

「いやッ！」

明らかな体調の変化に、思わず妙姫は顔をしかめていた。

「あッ！」

とうとう妙姫の身体は、鶴女に女陰ごと引きずられる格好になってしまった。ズルズルと、身体を引っぱられてしまっているのだ。おそらく鶴女は生殖器の引っぱり合いに慣れているのだろう、恐怖から引きずられてしまう妙姫をおもしろそうに翻弄《ほんろう》するのだった。

「ほれ、姫さん。こちへ引っぱりますえ」

「ああっッ……」

あそこが、とれちゃう……。妙姫は顔をこわばらせていた。

「ほっほほ、もう堪らぬ風情どすなぁ。酒井のお姫さん」

「ゆ、ゆるして、たもれ」

妙姫にとっては、煮殺されるにもひとしい自分の弱音だった。その弱音を恥じる心が悦楽の渦のなかに巻き込まれ、まるで自分が変わってしまったかのように思えるのだった。

「ああッ、も、もう……」

「姫さん、たんとお逝き」

そう言うと、鶴女が指で妙姫の真根をさぐった。のがれようとしても、玉門を吸引されたままでは身動きもできない。

「あぁ！　んなぁ……！」

おびただしい愛液につつまれた妙姫の真根は、ギュッと押し込まれただけで絶頂をきざしていた。

「んあぅ、あっあッ、あ！」

自分で慰めるとき以上の深い快楽に、妙姫はしばし恍惚となった。そして、不意の尿意が彼女を苦しめた。何とか気をそらそうとしても、悦楽の深みに落とされてゆく……。

「潮を噴くかのぉ、酒井のお姫さんが」

最後は抱き寄せられ、ピッタリと乳首を合わされた。

「んぉ、んんっ」

年増女らしく、鶴女が抑え気味に咆哮した。

「なんとも可愛らしい、酒井のお姫さん……」

つぎの瞬間、鶴女がブルブルっと腰をふるわせた。

「お、おおっ。噴かれましたなぁ」

息をとめたように耐えていた妙姫が、同時に激しく噴出したのだった。妙姫は自分の意志に反してしまった肉体に、首をふりながら嗚咽をもらした。

「ああん、あんっ」

妙姫は激しく首を左右にふって、目の前の事態をなかったことにしたかった。だが無慈悲にも、みずから排出した液体が湯気を立てるように匂う。

鶴女が満足そうにわらった。

「おお、匂うのぉ。武家の姫さんのお小水どす。湯文字を解いて、洗うてあげなはれ」

泣き伏せっている妙姫の身体に、下女たちが殺到した。

「たんと着替えさせて、長局に送ってあげなさい。汚れたおべべも一緒に、のぉ。あっははは。愉しい」

第四章　公家女の秘め穴

一

「それは、おそらく天樹院《てんじゅいん》様の一派とのあらそいにございましょう」

おなあはそう言うと、小さなため息をもらした。

「酒井様は、いたって天樹院様に肩入れしていたお方ですし」

「天樹院様、とは？」

この日、柏原源蔵は奥御殿に出仕して間もなく、お琴の方つきの侍女から事の次第を聞かされた。お琴の方と妙姫が何者かに凌辱され、長局の入り口に放置されていたというのだ。

「例の鶴女に、嫐られました。源蔵どのがお楽殿に伝授した床技のこと、わらわはしゃべってしまいました。」

泣きながら源蔵に告げると、妙姫はグッタリと布団のなかに身体を横たえ、そのまま寝入ってしまったものだ。

驚いたのは、源蔵から事件を報告されたおなあが落ち着いた様子で、

「ほうほう、お琴どのと妙どのがやられましたか。一味は、鶴女どのとなぁ」

などと、平然としている。女同士の乱暴や私刑が、大奥では日常茶飯事なのだろうかと、源蔵は怖ろしさを感じたものだ。

「それにしても、裸踊りにかこつけて乱暴狼藉をはたらくとは、御台所様の側近の者たちには困ったものですね」

「して、おなあ様。その、天樹院様というのは？」

と、源蔵は話をもどした。

「御典医どのともあろうお方が、天樹院様を知らぬのですか」

「す、すいやせん」

「まぁ、よい。神君家康《いえやす》公の孫娘にして、先の大納言《だいなごん》様と崇源院様の娘子、千姫《せんひめ》様のことです」

「せ、千姫さま……！」

源蔵は腰を抜かしそうになっていた。

この頃、徳川家康の孫娘千姫は、四十三歳の妙齢である。かつて豊臣秀頼《ひでより》の正室だったのは周知のとおり、その後再婚した夫の本多忠刻《ほんだただとき》が播磨《はりま》で亡くなったあと、彼女は江戸城内の北《きた》の丸《まる》に屋敷を構えていた。

その屋敷は吉田《よしだ》御殿とも呼ばれ、巷《ちまた》の噂では「吉田通れば二階から招く、しかも鹿の子の振り袖で」などと、千姫が遊女のように美男子を誘い、事が終わったあとは相手を殺してしまうという悪い風評があった。真偽のほどは知れぬ。

「天樹院様も、吉田御殿から出られて竹橋《たけばし》のお屋敷に移られればよいものを」

と、おなあも意味ありげに言うのだった。

源蔵は猛烈ないきおいで頭のなかを整理していた。春日局派と御台所・鷹司孝子派の確執は町人地でも有名な話である。それは、春日局の懐刀と言われるおなあも認めるところだ。

ところが、そのおなあは、御台所派の陰謀の切っ先が、千姫派に向かっているのではないかと、そう言うのだ。

それはないだろう、と源蔵は思うのである。

天樹院こと千姫が起居している吉田御殿は、もともと母親の崇源院の屋敷なのである。巷のあらぬ噂は別としても、むしろどちらかといえば御台所派に肩入れしているはずだ。

「して、おなあ様。鶴女どのに、何か取締役として罰は与えられないんで？　悪いことをやったわけけっしょ？」

「柏原どの。そなたはまた、江戸の町人言葉で」

と、おなあが嗤《わら》った。

「大奥の風紀紊乱《ふうきびんらん》を取り締まるのは、わが役目なれど、裸踊りが昂じて乱痴気《らんちき》騒ぎに至ったとでも抗弁されれば、そうそう取り締まるわけにもゆくまい。かの裸踊りの儀式は、奥女中たちの唯一の憂さ晴らしなれば……。まぁ、春日局様のお耳には、わたくしから入れておきますが」

「しかし……。例の書き付けの件も沙汰なさらないで、安穏としてよろしいので？」

「書き付けだけで罰することもできまい」

「それがしが見たところ、陰謀の匂いがいたしやすが」

「悪いがこれまでじゃ、柏原源蔵どの。わたくしはもう、春日局様のお召しで行かねばならぬ。今後とも、よしなにのぉ」

「は、はぁ」

どうやら、おなあ様は見て見ぬふりをされるらしい……。お琴と妙姫の無念を晴らしたいと、源蔵は徒労のような焦慮を感じた。

二

鶴女と接触する機会は、思いがけないことからやって来た。大奥に季節はずれの流感がはやり、検診を受けるよう大奥総取締役の春日局から達しがあったのだ。

簡単な問診ですむところ、源蔵はとくに鶴女の顔色に良からぬものありと、再度の来診をうながした。とくに羽二重を着てくるように申し渡したのは、病人らしくという装いとともに、ひそかに床のことを前提に考えたからだ。

自分だけ呼び出されたことに、鶴女は憮然としていた。

「わたくしだけ、どうして再診を？　本日は、三の丸に御台様を訪ねる理佐どのの供をしなければならなかったのに。奥医師どのの見立てとはいえ、まことに理不尽なことやなぁ、不愉快どすえ」

「さようか」

さて、どうやって料理したものか。源蔵はしばらく鶴女の発達した腰に目をやりながら、思案を愉しんだ。書き付けを交わした男の正体を訊き出すのが目的とはいえ、相手は性に飢えているはずの生身の女である。尋問の方法は四十八手ほどもあるのではないかと思うのだ。

女衆道の性癖があるなら、尋常に男女のことをするだけで狼狽するのではないか。あるいは、三十にしていまだ未通女だとしたら、女の悦びをおしえてやるしかあるまいとも思うのである。

「顔色はよろしいようですが、薬を出しておきましょう」

鶴女の公家風の容貌をながめながら、源蔵は薬箱から分厚い紙に包まれた薬を取り出した。

「では、これを鼻に含んでいただきますかな。鼻の炎症がみられるようなので、鎮静しなければなりますまい」

「これは、なんどすえ?」

「さ、スーッと吸い込むようにして」

鶴女が怪訝《けげん》そうな表情で薬を吸いこんだ。自分ひとりだけ、自覚症状もないのに再診されることに、どうやら納得がいかない様子である。

「医師殿。これは、何という薬なんどすか？」

「龍涎香《りゅうぜんこう》にござる」

「龍涎香？」

「ほう、ご存じありませんでしたか、香道《こうどう》は公家文化のひとつ。香道秘伝の薬にござる」

龍涎香はマッコウ鯨の消化器官に発生する結石の一種である。古代アラビアでアンバーグリスとして珍重され、中国で龍の涎《よだれ》なる名称で呼ばれた。本朝への渡来は室町時代で、もっぱら上方で媚薬として好まれていた。

「いかがでござる？」

「何とのぉ、頭の奥がクラクラするような、しびれたような……」

純白の羽二重の胸もとを、鶴女がしきりに気にしている様子だ。

「心の臓がドキドキしてはおりませぬか？」

「は、はい、そのような気ぃが」

「それと、これを飲んでください」

源蔵は黒い粉末を濁り酒に浮かべた。

「こ、これは……。いもりの黒焼やおへんか？」

「こんどはご存じでしたな。酒と合わせれば効果が増します。これを飲んでおけば、流感など吹き飛びましょう」

「なれど、このようなもの……」

鶴女もそれが媚薬であることを知っているのだ。いもりの黒焼きの薬効性はいまだ解明されていないが、含まれているテトロドトキシンが鼓動を高めるのは事実である。その鼓動の高鳴りが、いきおい性的な興奮をも加速させるのだ。

「ささ、お白湯《さゆ》もありますので。いっきに」

「なれど……」

源蔵は急かすように、鶴女に黒い粉末を飲ませた。

「ごほん、うっほん」

すこし噎《む》せながらも、鶴女は効き目のある媚薬を飲みほしたのだった。酒は濃度の高い澄《す》み酒である。

「さらに龍涎香をいま少し。嗅ぐと気分が良くなるはずです」

「そ、そうでしょうや」

鶴女が胸もとの合わせをくつろげた。

「鶴女どの、ひたいに汗が。おぅ、胸にも」

と、源蔵は手ぬぐいを差し出した。

「あ、ありがとう」

「いや。拭《ふ》いてしんぜましょう」

源蔵はやや強引に、彼女の胸もとに手を入れた。

「な、何をなさる！」

「診療にござる」

鶴女が腰を引こうとするところ、ぎゃくに源蔵は壁に押しつけた。胸の膨らみが、たわむように柔らかい弾力を伝えてくる。

「何をなさいますか！　わたくしを御台所様の筆頭侍女と知っての狼藉ですか？まことに無礼な」

「ははは、妙姫様もそのように言上したはず。しかるに、貴女さまは無体にも」

「……！」

ようやく鶴女は源蔵の思惑をさとったようだ。

「さては、酒井さんの仕組んだことか。ゆるしませぬぞぇ！」

「鶴女どの、耳と目もとが充血しておりますな。もはや、乳首と真根も真っ赤に膨らんでおられるのでは」

「何を酔狂なことを。だ、誰か！　誰かある！　狼藉じゃ」

「ここには誰も入れませぬ。ほう、硬くなっておりますなぁ」

源蔵は鶴女の乳首を指先に捕らえていた。

「んあっ……！」

「お女中どの。この歳になるまでに、男との間にあれはござんせんでしたか。男は初めてでございやすね？」

「そ、そのようなことは……」

鶴女が顔を真っ赤にした。

「それがしのような歳になれば、触っただけでわかります。さぁ」

源蔵が抱き寄せると、鶴女は生娘《きむすめ》のように身体を硬くした。

「イ、イヤです。このようなこと」

「イヤですと？　女衆道で姫君様をいたぶることはできても、男はイヤじゃと申されますか」

「姫を……？　なぜ、そなたが」

「大奥に十五年もいると、身体の疼きを女同士で慰め合うようになるもの。それも一興ではありましょうが、男を知らずに朽ち果てるのは女の不仕合せというもの。本日は教えてしんぜましょう」

「これは、酒井の姫の意趣返しかッ？」

鶴女が目をつりあげた。

「いかようにも、思し召しを」

と、源蔵は彼女の首すじに舌を這わせた。

「お琴どのと妙どのには、卵の巣をやっとこで引きずり出すなどと、怖ろしいことをしようとなされた。げにも女子の心の底には恐ろしきものが宿っておりますな。それも、男を知らば退治できましょう」

「お、おやめなはれ！　おぞましきこと」

鶴女が肩をふるわせた。

「ほう、三十路《みそじ》女とは思えぬ肌の艶ですな」

「おやめください、そのようなこと」

「何を生娘のようなことを。いやいや、まことに生娘にござるか？　三十路でのお」

源蔵が耳の裏側に舌を這わせると、鶴女は歯を食いしばって耐えている様子だ。

「ああっ……」

と、腕をあげて源蔵の頭を遠ざけようとする。

「そのようにまで、男に愛されるのがつらいものか、あきれたお女中じゃ」

「ああっ、あう」

こんどは鶴女が、ぎゃくに豊満な胸を押しつけてきた。

あきらかに発情した女の反応である。えもいわれぬ芳香がただよった。この濃厚な匂いは、これまで閉じていた女の色香が一気にひらいたかのようである。

この三十路女の肉体にひそむに魔性に、さすがの源蔵も驚いていた。初めて体験する男とのまぐわいで燃え立たせ、女同士では満足できない身体にしてみたくなった。

「ああっ、どうしてこんな……」

鶴女の変化を見てとると、源蔵は彼女のうなじから舌をはなした。

龍涎香の効き目だろうか、目が蕩けたように焦点をうしなっている。だが、ときおり思い出したように首を振っては、源蔵の愛撫を拒むのである。

「こ、このようなこと……」

源蔵の胸を突き放そうとしては、ふたたび豊かな胸を合わせてくる。

「ああ、堪らない」

「したいのでござるか、それともイヤなのか。まるでわかりませんな」

と、源蔵はその様子をわらった。

「では、失礼して。本格的な医道の診療にござる」

「あ、あっ！」

源蔵が鶴女の胸を開き、すっかり上半身を裸にしたのだった。

「おおっ、これは……うるわしき乳房にござんすね」

三十路女の熟れきった乳房が左右にそっぽを向き、まるで男に媚《こび》を売っているかのようにみえる。もの欲しそうにも、寂しそうな風情にも思える。

「遠慮なく」

などと、源蔵は鶴女の乳房を持ち上げるように揉んだ。たっぷりと脂質の詰まった、三十路女ならではの重みを指先に確かめると、源蔵はその尖端にある褐色の頂を唇にふくんだ。

「ひぃ、っ……」

眉間に生まれた険しい表情は、すぐに愉悦のそれに変わった。

「ああっ、こんなこと、イヤです」

と言いながらも、源蔵の頭を抱くように締めつけるのだ。

「い、息ができませぬぞ」

と、源蔵は苦笑するしかなかった。

尖端をチュッと吸い上げて、乳暈に舌をはわせる。ちょうど外側から弧をえがくように、毛穴の突起をひとつずつ賞味しながら、鶴女の反応を横目でうかがう。

もう片方の乳首も指の腹でころがした。

「心の臓がドクドクと音を立てておりますな」

「ああっ」

源蔵は鶴女の反応をたしかめながら、ひと息ついた。

「おなごの乳がこの位置にあるのは、いくつもの理由がありまする。まずはドーンと、このように男に見えやすいことでございやす」

源蔵は鶴女の乳房を根もとから搾った。

「ふたつ目は心の臓の上にあるがゆえに、ドキドキと昂《たかぶ》るのでございやすね。みっつには、心の動きと連動して、せつない気分が増してくるはず。ちがいますかえ？　いま、お女中どのの心の奥までせつない気持ちよさが入っておりましょう」

そう言うと、源蔵はふたたび鶴女の乳首を舌で弄んだ。

「んはぁ、はあっ」

源蔵の言葉どおり、心の奥まで入り込んでくる快楽の炎に、彼女は息苦しそうな表情になっている。

「い、医師どの、……う、巧すぎる」

「硬くなってまいりましたな、鶴女どのの乳首が」

と、源蔵が顔をあげた。

「ああ、も、もう……」

「おお、ここから先のご所望は、こちらですね、鶴女どの」

と、源蔵は彼女の太もものあいだに手を挿し入れた。

「ああんっ！」

鶴女の唇が半びらきになった。それは、性の悦びに渇えた女の発情のしるしだった。

「もっと、そこを！」

「こうですか？」

源蔵は鶴女の乳首の根もとをつまんだ。

「イヤっ、しないで」

「ほう、やめますかい？」

と、源蔵は指をはなした。

「ああっ、こ、困ります。やめないで！　ああっ、イヤっ！」

「困りましたな。して欲しいと言いながら、イヤじゃイヤじゃと申される。いったいどちらなんすかね？」

源蔵は鶴女の乳房を摑んだまま、彼女の太もものあいだに手を入れた。

「あ、ああっ！」

ジュン……っ、と指先におんなの潤いが確かめられた。指が吸い込まれるような、底なしのヌルミである。

「やッ、やめなはれ！」

「玉門が狭もぉござんすね。やはり、お女中どのは未通女でござんしたか。いやはや、いまどき江戸の三十路女で生娘とは」

「……わたくしは、京おんなです。公家の娘ですよ！」

「さようでしたな。では、真根の具合も検診いたしましょう」

「そ、そこは……」

と言いながら、鶴女はみずから太ももをひらき加減にした。ムンと匂い立つような女の体臭が、源蔵の男の本能を刺激した。

「これは堪りませんな。お女中のおんなの香りが、それがしに火を点けましたぞ」

源蔵は羽二重の裾を割り、太ももの奥を隠している湯文字にふれた。さすがに大奥の女中らしく、湯文字は高価そうな絹布である。

「では、拝見します」

「イヤっ！」

源蔵が転がすように鶴女を横たえるのと同時に、彼女の腰は無防備にされたのだった。

「ああっ……」

「ほう、濃い繁みにございやすねぇ」

と、源蔵は鶴女の脚を絡げた。

逆三角形のおんなの翳りが、文字どおり黒苔のように、うしろの門までつづいている。繊毛が秘めやかなたたずまいで、玉門の入り口を美しく飾っているのだった。

「なかなか見事な生えっぷりですな」

「み、見ないで！」

鶴女が手で隠そうとするところを、源蔵は手首を摑んでさえぎった。

「これが、妙どのの子壺を引きずり出そうとした魔窟《まくつ》にござるか」

「………」

斜めに見えているひらき加減の陰唇のはざま、おんなの秘園が薄紅色のかがやきを覗かせている。ねっとりとした女の樹液がしたたり落ちるのが見えた。

「妙どのも玉門の圧力では劣らぬはずが、やはり女衆道に通じた鶴女どのが一枚上手であったとか」

そう言いながら、源蔵は彼女の入り口を押し広げた。熟しきった媚肉の厚みにおどろき、源蔵は思わず指を内部にすべらせた。

「あ、んああっ！」

「ほうほう、この肉厚の玉門なら吸引力もつよいでしょうねぇ。おっ、指が吸い込まれるような」

「んっ、んあぅ!!」

鶴女のひたいは玉の汗である。おくれ毛が頰に貼りつき、乱れた髪がしどけない。

「ああんっ」

「ほんの少し、さわっただけにござんすよ。何とも感じやすいお女中ですなぁ。それとも、男にさわられるだけで、息も絶えだえになりやしたか」

「も、もう、堪忍してたもれ」

「よござんすが、ひとつ訊《たず》ねておきたいことがありやしてね。いいですかい？」

「な、何でも」

「では、訊きますが。先日、表使いの詰所の控えで、書き付けを交換しておいででしたね。相手はどこの誰なのですか？」

「詰所？　書き付け？」

鶴女がキョトンとした顔をしている。

「襖の当て紙のなかに、入っておりましたぞ」

「なっ、何どす!?」

たちまち、鶴女の顔がこわばった。

「上様のお渡りの記録に、表向きの日程など。なんぞ、陰謀めいたものを感じましたが、この儀は如何に？」

「…………」

「答えられぬようでしたら、答えたくなるようにするだけのこと」

と、源蔵は鶴女の玉門に入れた指を、グイと内側にまげた。

「あぁ！」

鶴女が顔をゆがめた。

「これぞ、そなたがお妙どのから無理に訊きだした、わが房中術の極意、血溜まりの蛇にござる」

そう言うと、源蔵は鶴女の股間に首を入れ、彼女の真根に舌を這わせた。

「ああ、あああんっ！　あ、あっ！」

裏側から指で押しだされ、包皮から露出した真根を舐められたのである。鶴女が狂ったように腰をふるわせた。

「あの者は誰なのじゃ、鶴女どの。詰所で親しそうに語らっておられましたな。それがし、妙姫と垣間見たところ、なか睦まじい様子。もしや、男女の仲では？」

「ち、ちがいます……」

「名前を教えられませ、さすれば、もっと気持ちよくして進ぜようほどに」

そう言うと、源蔵は鶴女の体内から指を引き抜いた。玉門芸に秀でた妙姫を観念させるほどの力があるとは、源蔵には思えなかった。してみると、やはり男には触れられたこともない……？

そう思うと、この高慢な公家娘がいとおしく感じられるのだった。そっと乳房に手を伸べると、鶴女はもう観念したように顔をあげた。

「柏原さん、つまびらかに申しあげまする。過日、寛永寺に参拝したおり、上野の茶屋で知り合ぅたお武家さんにござります」

「ほう、大奥の広敷で知り合ったわけではない、と？」

「は、はい」

「して、何を言われた。何をせよと言われたのです？」

「いえ……、上様の動きを細大もらさず知りたいと。しかるのち、孝子さまを大奥へもどす策ありと」

「ふむ」

源蔵が思い描いていたとおりの図式だった。

「あの者の名は？　ぜひにもお聞かせください」

「たしか、佐久間丙午郎《さくまへいごろう》どのとか……。横山町に屋敷がある御旗本です」

「佐久間丙午郎のぉ……。旗本の者が大奥広敷に出入りするとは、年輩の者ならいざしらず」

三

翌日、大奥出仕が非番の柏原源蔵は、午前中の時間をついやして、横山町に佐久間丙午郎なる者の旗本屋敷をさがした。娘の沙弥菜、弟子の佐伯市之丞の二人に後方援護を頼んでの探索である。

日本橋横山町。このあたりは小身の者たちが町人長屋さながらに軒をつらね、呉服屋と紺屋がひしめきあう。

「このへんに、佐久間丙午郎様というお旗本の屋敷はござんすかね？」

「佐久間様の屋敷で？　佐久間という苗字は多いからねぇ」

と、初老の男が番所から顔を出した。

「そこの路地を入ってごらんよ、留守居がいるんじゃないかえ」

町人長屋はもとより、大名旗本といえども江戸の町屋敷には表札というものがない。その代わりに、町人たちで運営する自身番《じしんばん》が案内役となる。

源蔵は駄賃の二文《もん》を渡すと、男が指さす路地に入った。板塀があるわけでもない、かろうじて二階家が町人長屋とのちがいを見せる風情だ。源蔵は市之丞たちとしめし合わせた符丁《ふちょう》の桜紙を路地に落とした。

ちょうど、痩身《そうしん》の女が通りすがった。

「お女中どの。佐久間様のお屋敷は、どちらで？」

呼び止められた女は、歳のころ三十ほどであろうか。小股の切れあがった、ちょいといい女である。

「何の用だい、佐久間様に」

「ほう、ここでござったか。ぜひ、お会いして話したい儀がござる」

女中が訝しそうに、源蔵の足から頭まで見た。

「医師か茶人のなりをしてるけど、お前さん、幕府の探索方かい？」

「むぅ……。さにあらず、町医者の柏原源蔵と申す」

打てば響くような女の反応に、源蔵は手の内をあかすのをためらわなかった。

「佐久間様は、お城の奥向きに出仕されることがおありか？　いや、佐久間様をご存じの方から、言伝《ことづて》を頼まれましてな」

「では、なかでお待ちください」

案内されたのは、囲炉裏の奥に控えの間がある瀟洒《しょうしゃ》なつくりの屋敷である。商家と同じように、階段に引き戸がある。昨今の流行りがかしこに感じられた。

「どうぞ、二階へ。下は狭うございますので」

「ほう、二階が客間か」

二階に落ち着くと、先ほどの女が茶を運んできた。なかなかの美形である。

「こ、これは畏れ入る。そなたの名は？」

「名乗るほどのもんじゃありませんよ、扶老庵の柏原源蔵どの」

「……！」

名前を言い当てられ、源蔵はひたいに汗を感じた。沙弥菜と市之丞がどこにいるのか、源蔵は思わず階下の路地を見わたしていた。

「浜町の町医者、扶老庵の源蔵さんだろ、あんた。御典医に抜擢されたって話は、この界隈でも評判さ」

「いや、こちらから名乗るべきものを。失礼した」

「で、どういう話なんだい。旦那様に言伝《ことづて》っていうのは」

と、女が身体を寄せてきた。

「扶老庵さんに酒井の殿様のうしろだてがあるのは、こっちも知ってのうえだよ」

「そなた、何者か?」

「ふふん、堅いことは抜きさ。こっちの硬いのは好きだけどね」

などと言いながら、女が源蔵の股間をさぐった。

「な、なにを……」

「ほっほほ。いい歳なのに、元気がいいことだねぇ」

源蔵の反応をたしかめると、彼女は小袖をスルリと脱いだ。いきなり釣鐘型の乳房が躍ったので、源蔵は目のやり場にこまった。瘦身のわりには、大きな乳房である。乳暈も広く、乳首は黒ずんでいる。

もしや……、と源蔵は職業的な直感で目をこらした。

「扶老庵どのは、房中術の名医とか。名医という評判がどんなものか、試させておくれでないかえ。ねぇ、御典医さま」

女はひょいと腰をあげて、源蔵の目のまえで腰巻を解きはじめた。女は身体に自信があるのだろう、白く艶めかしい美臀が源蔵を挑発している。

「扶老庵さん、お内儀とは死に別れたんだってね」

「いかにも、そうじゃが」

もう源蔵もその気になっていた。腰巻を解いた女は、三角形の黒い翳りを見せながら、源蔵の肩に寄り添ってきた。

「腰のモノ、お預かりしますよ」

御典医になっていらい、帯刀《たいとう》をゆるされるようになった源蔵は、護身用にと脇差を身に着けていた。

「こっちの腰のモノは、いいのかい？」

源蔵は袴をほどくと、下帯をずらしてみせた。乳房をゆらしている女のしどけない仕草に、はやくも彼のモノは屹立《きつりつ》していた。

「助平ぇだねぇ、お医者って職業のおひとは。前にもいちど、相手をしたことがあるよ。子袋のなかまでさぐられて、とんだ思いをしたもんさ」

「そうかい、お前さんが色っぽいからじゃないのかい。それに、男が助平でなくなったら、この世は仕舞いだよ」

「ふふふ、あんたもあたいの子袋をさぐってみるかえ？」

と、女が脚を絡めてきた。

もう遠慮することはなかった。この女の色香に、源蔵は心まで溶かされそうになっていた。

「ぜひとも、そう願いたいね」

「乳を吸っておくれ」

源蔵は彼女を背中から抱きしめ、釣鐘形の乳房をしっかりと摑んだ。

「ああん、さすがだね。乳の芯を気持ちよくさせておくれだよ。ああっ、ああんっ」

「うん？」

思いのほか、乳腺が張っている。乳首をギュっと搾ってみると、源蔵が見立てたとおり白い液体がにじみ出た。

「やはり、子を産んだばかりなのかね？」

「ふん、堕《おろ》したばかりさ。いけすかない男のを宿しちまってね」

「なんと……」

戦国乱世の明日の食い扶持もままならない時代ならともかく、食べ物だけはふんだんに集まってくる江戸の町で堕胎が行なわれてるとは、源蔵には思いがけない衝撃だった。

「そなたのように、誰かれかまわず寝ていると、そういうことになる」

「そう言う扶老庵さんだって、あたいを抱く気になってるんじゃないか。偉そうに説教するんじゃないよ。この助平ぇ親父が」

「むぅ……」

源蔵は肩ごしに、彼女の母乳を吸った。濃厚で甘い、健康な母乳だと思えた。

「それにしても、わけありだったのかい？　その、いけすかない相手というのは。よかったら訊かせてくれないかね」

「話すのもむかつくね。使用人を手籠《てご》めにするなんざ、侍の風上にも置けないとは思わないかえ？　扶老庵さん」

「なんと、佐久間丙午郎に手籠めにされたと申すか？」

源蔵は思わず目をみひらいていた。

「くわしく知りたきゃ、グイッとあたいの玉門にやっておくれ。もう辛抱できないんだよ、子袋が疼《うず》いて」

何という性急な女、尻軽であろうかと飽きれたが、もう源蔵のほうも痛いほど硬くなっているのだった。

「では、まいるぞ」

鶏冠のように突き出ている陰唇を分けるように、グイと挿し入れた。ねっとりとした粘膜が絡み付き、やがて潤沢な波のような愛液に迎えられた。

「んむぅ、堪らぬぞ、扶老庵どの」

「なかなか、締めつけてくるのぉ、お女中……」

「こ、子袋に、届きましたぞ、源蔵どの。あ、ああぅ、堪らぬ」

奥まで突いてから、ゆっくりと動いてみた。天井のあたりは男を嬲る肉の突起でおおわれている。

「して、手籠めにされたというのは？」

この手練のおなごが手籠めにされるというのも、源蔵には違和感があった。おそらくは主人をその気にさせ、内儀と揉めたすえに堕胎したのではないだろうか。あるいは、子持ちになるのを厭《いと》って、堕胎薬の原料にもなるほおずきを飲んだのかもしれない。

「いずれにしても、そなたの色香が誘ったのではないのか？　この乳に尻、この玉門なら男は放っておくまい」

と、源蔵は女の乳房を揉みしだいた。

「たんと乳を吸っておくれ、夜になると乳が張って息苦しいのさ」

「さもあろう」

濃厚なおんなの蜜汁を、源蔵は口いっぱいに吸った。その甘みは、脳をくすぐるような感触である。

「つ、つづきを訊こう、お女中。佐久間丙午郎とやらは、そなたに何をした？」

「手籠めにしたのさ、こうやって」

女が襦袢の腰ひもを手にした。

「扶老庵さん、時雨茶臼《しぐれちゃうす》になっておくれでないかえ」

「うぬ、上になりたいか……」

時雨茶臼とは、いわゆる騎乗位のことである。女のもとめに応じて、源蔵は畳のうえに仰向けになった。

「こうして、あたいの手を縛ってさ」

女が源蔵の手首に、襦袢の腰ひもを巻きつけはじめた。

「し、縛ったのか？」

源蔵がおどろいていると、女は深々と腰をおろしてきた。ちょうど、子袋の入り口が源蔵の先端を呑み込むいきおいだ。

「むぉぉ、堪らぬのはこっちですぞ。して、佐久間丙午郎は？」

「ふん、手籠めにされた意趣返しに、身まかってもらったよ。いまごろは、三途《さんず》の渡りでふり返っているころさ」

「なっ、何ですと！」

源蔵は起き上がろうとしたが、手首を縛られたままジタバタするしかなかった。

「おっほほほほ。動けまい」

「こ、これは。謀《はか》ったか……」

「身まかったとはわれらが作法。もはや、そなたへの功徳《くどく》じゃ、つまびらかにしておこう。佐久間丙午郎はね、幕府の探索からのがれて、いまごろは江戸から姿をくらましてるさ。はっははは」

「むぅ……」

「鶴女どのが白状したとき、もう丙午郎様には伝わっていましたとも。扶老庵どの、そなたが探索に来るであろうことも。待ち受けていたというわけじゃ」

女は源蔵の腰に乗ったまま、心地よさそうに白桃のような尻を振っている。

「お、降りよ」

「いやじゃ」

手首を縛られたままの源蔵は、イチモツの先端に違和感をおぼえていた。女の子袋の入り口に、異様に硬いものが感じられるのだ。

「こ、この感触は？」

「さすがに医師どの。わかりましたか？　あたいの子袋には、毒玉が仕込んであるのですよ。このように」

女が乳房を揺すりながら、激しく上下運動をした。

「あたいの子袋を突くと、毒玉が破裂して附子《ぶす》が竿に逆流します」

「な、何と……！」

「房中術の医師ならご存じのはず。おなごの子袋の殺菌力が附子を洗い流し、逃げ場をうしなった精の虫と一緒にそなたの精の巣ぅに逆流するはず。ほほほ」

「む、むぅ」

これでは、源蔵は身動きができない。女は源蔵のイチモツを、しっかりと胎内に咥《くわ》えこんでいるのだ。これ以上、女が腰の上で跳ねないように、彼女の腰骨を両手で摑むしか方法がないのだった。

「お、降りてくだされ！」

「おーっほほほほ、天下の名医の呼び声が高い扶老庵柏原源蔵も、あたいの女陰の中で果てるときが来ましたね。ほーっほほほ」

「むっ、むぐぅ」

女が体重をかけて跳ねるのに耐えて、ひたすら彼自身の暴発を抑えなければならない。それでなくとも、発情した女の子壺が下に降りてきているのだ。

「突いて来ぬのなら、あたいが迎えに行ってあげましょう。それっ！」

ドーンという感触で、女の子宮口が降りてきた。そのまま、源蔵の雁首を呑み込もうとしている。

「う、うわぁ……」

「どうじゃ、扶老庵どの」

と、女が締めつけてきた。

「冥土《めいど》の土産に聞かせておこう、扶老庵どの。明後日、上様の大奥お渡りがあるという。そのとき、上様に召されるご側室の子袋に毒玉を仕込めばどうなるとお思いか？」

「な、なんと……！」

「それッ、果てるがよい」

「ま、参った、降参にござる。命だけは……」

「ふん、しょせんは覚悟のない町医者。命乞いをするとはのぉ。娘もいることですから命は助けたいが……、なれど、あたいは忍びの女」

「くの一であったか……」

「主命にはそむけぬ」

そう言うと、女はいっそう激しく上下に跳ねはじめた。

「う、うおっ！」

もはやこれまでと、源蔵は覚悟を決めた。この世に思い残すことは多々あるが、おなごに乗られたまま逝くのも悪くはないと思いはじめていた。

そのときだった。階段を駆け上がってくる音があった。

「お父さま、何という……」

「せ、先生！」

沙弥菜と佐伯市之丞だった。

「何者じゃ！」

と、女が浮足立ったところ、源蔵はようやく腰を振って毒玉の脅威からのがれたのだった。脱兎《だつと》のごとく窓から飛び出した女は、屋根瓦のうえで源蔵を一瞥すると、そのまま走り去ってしまった。

「あれは何者です、先生？」

「よくわからぬ。されるがままであった。はよう、手をほどいておくれ」

「お父さまったら、女に誑《たぶら》かされて、このていたらく。本当に情けないったら、ありはしません。われらに合図もせずに姿をくらましてしまって……。市之丞さまが機転を利かせなかったら、どうなっていたことか」

「うむうむ、お市は頼りになるのぉ」

どうやら、佐伯市之丞と沙弥菜がようやく力を合わせてくれたようだ。二人の手には、源蔵がまいた桜紙があった。

そう言って、腹上死ならぬ腹下死をのがれた源蔵は、身だしなみをととのえるしかなかった。

四

「その者は、旗本ではあるまい」

酒井讃岐守忠勝は、源蔵の報告に首をかしげた。

「松平忠輝《ただてる》卿の旧臣に、佐久間丙午郎という者がある。そこもとと同年輩なれば、その者に相違あるまい」

「いま、松平忠輝さま……と?」

源蔵は思わず顔をあげていた。

「さよう、神君家康公の第六子にして、さきの越後高田《えちごたかだ》領主にござる。大坂夏の陣で不調法があり、さきの大御所《おおごしょ》様より改易され、いまは信州諏訪《しんしゅうすわ》に配流となっておる」

「…………」

「旗本と偽ったのは、大番組《おおばんぐみ》（城内警備）として大奥への出仕《しゅつし》がかなうからであろう。それにしても、大奥の警備の不足、大番組の失態は明らかじゃな」

このところ酒井讃岐守は、大老職にまつり上げられ、将軍家光から「出仕におよばず」との内意を受け、何かと幕閣には不満があるのだろう。源蔵の深刻な報告にも、わが意を得たりという表情なのだった。

「して、大奥のほうはいかがした。いまだ、お琴には上様のお手は付かぬのか。お妙は息災にしておるのか？」

「はは、そのほうは何ぶんにも、上様のお渡りがなく。明日のお渡りを待つばかり」

「さようか……。せんなきことよのぉ」

「ところで、讃岐守さま。大奥の派閥抗争と申しますか、いろいろとその……、難しい話がございますようで」

「うん？　いかなることじゃ」

「ははは、おなあ様が言われますには、大奥には御台所様の鷹司孝子さまと、天樹院さまの派閥が、相争うとか。こたびの佐久間丙午郎の一味も、この派閥抗争に便乗したものかと。そのように思料《しりょう》いたしますが」

酒井讃岐守が肯《うなず》いた。

「うむ、さすがに柏原源蔵。曲直瀬道三の弟子だけのことはある。派閥抗争に乗じて、悪事をなさんとするのは、陰謀の常じゃ。なれど、おなあ殿の見方は見当をはずしておるな。天樹院様（千姫）が孝子様と抗争などと、それは春日局殿が願望にそうらわずや」

そう言うと、讃岐守が大きくため息をついた。

「春日局殿は、押しも押されもせぬ大奥総取締役。しかるに、先の大御所様（徳川秀忠）の御台所様（お江）とは確執のあった仲じゃ。先の御台所様が京から招いたのが鷹司孝子様。したがって、両者の確執は年来のものじゃ。天樹院様を持ち出すとは、ためにする噂であろう」

「はぁ、そういう噂は、町中にもとどいておりやす」

「だから困る。春日局殿としては、総取締役という立場上、みずからが派閥抗争に関与していると思われるのが、はなはだ難儀なのであろう。そこで、天樹院様と孝子様の抗争などと、絵を描いておられるのではないか」

「なるほど、さようで」

「じゃがのぉ、柏原源蔵。天樹院様が大奥に影響力を持たれているのも、それはそれとして事実。それればかりではないぞ。紀州大納言頼宣卿《きしゅうだいなごんよりのぶきょう》の養母、英勝院様《えいしょういんさま》の名は存じておろう?」

「はぁ、名前ばかりは」

「神君家康公のご側室、お勝《かつ》様が御出家されて、英勝院様じゃ。もしも、このお方が大奥に影響力を持たれたら厄介と、それがしは懸念しておる。紀州大納言頼宣様を次期将軍にと、画策されておるらしき気配あり。奥女中のなかに、通じるものありと」

「な、なんと……!」

「まぁよい、ゆめゆめ他言は無用ぞ。大奥とはな、かように政治抗争が湧き起こる魔窟なのじゃ。そこで、お妙を奥女中に、おぬしを御典医として入れたわけじゃ」

「畏れ入ってございやす。お役目、何としても果たすべく、この柏原源蔵、粉骨砕身、はげむものにござる」

「うむ」

　酒井讃岐守は満足そうに笑みをこぼしたが、ふたたび険しい顔をした。

「問題は、佐久間丙午郎なる者よのぉ。昨夜のうちにそちの報告があれば、箱根《はこね》の関と雁坂峠《かりさかとうげ》の関を封じて、佐久間丙午郎一味を捕縛できたものを、遅きに失したぞ、柏原源蔵」

「申しわけなき次第……」

「もしや、そなた。くの一に情けをかけたか？」

　と、讃岐守が源蔵の表情をみた。

「め、滅相もございやせん」

「女に弱いのが、そなたの弱点。いや持ち味よのう。それにしても、明日の上様のお渡りは、もはや止められまい。何としてもお琴が寝所に召されるよう、手だてをいたせ！」

「はぁ……」

「お琴がダメなら、春日局殿とおなあ殿の切り札という、お楽を。何としても上様の寝所に。よいな」

「は、ははっ」

いかに源蔵が精門に通じた医師でも、夜伽《よとぎ》のお召しは上様がそのときの気分で決めるもの。これぱかりはどうにもなるまいと思うのだった。

いや、策がないでもない……。源蔵は讃岐守の屋敷を退出しながら、ようやく切り札に気づいていた。

なんのことはない、わしには龍髭香があるではないか。

ことの次第は、その日のうちに大奥総取締役、春日局に達せられた。ただちに対策がとられ、お楽、お琴の小袖・打掛けに龍髭香が施されることになったのである。

第五章　上様お渡り

一

この朝、御鈴廊下には、お目見得以上の奥女中たちが整列している。奥の者たちが将軍に謁見する、いわゆる大奥総触れである。

整列した奥女中たちは下の者から順にひざまずき、金襴《きんらん》の葵《あおい》の御紋がついた縮《ち》緬《めん》の搔取《かいどり》（打掛け）がきらめく。紫に萌葱《もえぎ》、藤紫の生地に、間着《あいぎ》の緋色《ひいろ》と下着の白無垢《しろむく》がまぶしい。

やがて、

「おなーりー」

という声がひびいて、上様御成りである。

将軍は御鈴廊下から御通廊下をへて、御座の間でしばらく時を過ごす。やがて政務の時間になると、将軍は中奥へと引きあげる。その間、将軍が足を止めて目にした奥女中が、今宵の床の相手となる。

したがって、着飾った奥女中たちは、謁見のときばかりが勝負ということになるのだ。大奥が最も緊迫する時といってもいいだろう。

この日の将軍家光は、いつになくゆったりとした歩みで奥女中たちをお目どおりした。

「お福《ふく》、久しぶりである」

と、総取締役の春日局の前で歩みを止めた。

「上様にはつつがなく。本日のお渡り、この福も恐悦至極にございます」

「うむ」

「して、今宵のお渡り、誰を召されますは？」

信頼している乳母《めのと》の薦めである。家光は春日局のとなりにいるお楽に目をとめた。さらにとなりにいたお琴も顔をあげたが、すでに家光は視線をもどしていた。

「よきに計らうがよい」

「はは」

これで、お楽の御召しが決まったのである。お琴と妙姫は、顔を見合せながら落胆しなければならなかった。春日局が前に出すぎたために、お琴の首すじから髪にかけて塗布していた龍髭香は、上様の鼻腔をくすぐらなかったのだ。

遠くで見ている源蔵も落胆していたが、当初の計画どおり、お楽が召されたのだから不満は言えない。

ところが、ここで奇怪なことが起きた。夏の初めにしては冷風が室内まで吹き込んでくる。おりからの風で、家光がくしゃみをしたのだ。

「紙を持て」

春日局の声で、数人の腰元が駆け寄った。

「苦しゅうない、案ずるな」

という家光の声にもかかわらず、鼻紙が差し出された。

「ふむ、良い香りがするのぉ」

ふうっと吸い込んだとたんに、将軍家光の表情が一変した。

「今宵、そなたが寝所に参るように」

「ありがたき仕合せ」

家光の前に平伏しているのは、御台所鷹司孝子の侍女、お理佐であった。着飾った奥女中たちのなかでも、お理佐がかがやくように美しいのは、おすべらかしという宮廷風の髪型のせいであろう。

「上様！」

と春日局が驚いている。

「夜伽は、このお楽が……。上様！」

家光は聴こえなかったかのように、スタスタと廊下を歩みはじめた。もう御召しのことは終わったとばかりに。

「これはまた、いかにしたものか……。よりにもよって、御台所様の侍女を御召しになるとは」

春日局が茫然としている。妙姫もお琴と顔を見合わせていた。

その日の昼四つ（午前十時）、柏原源蔵は春日局とおなあに呼び出された。

「そなたの危惧が現実になろうとしておる。何とか手だてを考えねば」

上長の春日局の前だからか、おなあはいつになく険しい声である。

「妙案はありませぬか？　柏原源蔵」

「はは……」

子細を聞くと、方法はひとつしかないと思えた。

横山町の旗本屋敷で、くの一が源蔵に仕掛けたように、子袋の入り口に毒玉が仕込まれるとしたら、事前に取り除けばよいのである。だが、どうやって……？

「総取締役様」

源蔵は春日局のほうにあらたまった。

「玉門検《あらた》めと称して、お理佐どのに御典医の部屋に来ていただくよう、取り計っていただけませんでしょうか。さすれば、子袋に毒玉が仕込んであっても除去できましょう」

「玉門検め？　なるほど、玉門の毒見ということじゃな」

と、おなあが源蔵の言葉を解釈した。

「なれど、そのようなことは前例がない」

おなあは困惑している様子だ。

いっぽう、春日局のほうは、ためらいを感じさせない声だった。

「わたくしがそう命じましょう。上様におかれては久しぶりのお渡りゆえ、万全を期したいと、理佐殿にそう申し伝えるがよい」

「お局様。遣いは、誰を?」

「そなたが直々に行きなさい、おなあ。何か面倒があれば、わたくしが乗り出します」

「は、はい」

おなあを子供あつかいする春日局の貫禄に、源蔵は畏れ入るしかなかった。春日局こと、斎藤《さいとう》お福。このとき六十一歳である。

「それにしても、上様はなにゆえ御台所の侍女などに」

「春日局さま。おそらくは状況から考えて、龍涎香なる媚薬を嗅《か》がされたのではないかと」

「龍涎香?」

「へい。公家の香道に珍重される媚薬で、上方から取り寄せられたものと思われます。ひと嗅ぎすれば、男も女子もたちどころに発情するという秘伝の媚薬にございやす」

「何と、そのようなものを上様に使ったというか。公家の文化というものは、何とも破廉恥《はれんち》なものよ」

源蔵はさすがに、自分がそれを教えたとは言い出せなかった。

「して、春日局さま。お理佐の方の子袋に毒玉があってもなくても、その後の処置はいかがいたしやしょう」

「む……、そのほう御典医でありながら、そのような町人言葉を」

「すいやせん。いえ、申し訳ございません」

春日局が苦笑しながら返した。

「源蔵殿。毒玉がなかったときは仕方がない、上様の御召しとあらば御小座敷《おこざしき》(将軍の寝所)に参らせぬわけにもいくまい。ただし、毒玉が見つかったときは、お部屋様(将軍お手付きの側室)といえども、天下の謀反人にほかならず。評定所の裁きにかけるまでじゃ」

ということは、死罪、討ち首獄門……? 怖ろしいことになったなと、源蔵は身震いを感じた。

「侍女を何人か待機させ、お理佐の子袋のなかから毒玉が出れば、すぐにも捕縛するべし!」

まるで、武将のような春日局の言いざまに、部屋にいた者たち全員がひれ伏した。

二

すぐに、おなあが直々の沙汰で、お理佐が御典医室にまかり越してきた。

「もののしいことですね」

お理佐は、部屋の外に侍女たちが侍っているのを、訝しげにしている。

妙姫をはじめ、お琴やその侍女たちが大挙して、襷がけの掃除姿で立ち働いているのだ。手にしている箒《ほうき》や雑巾が、たちどころに捕縛用の武器になるとは、お理佐は思ってもみないことだろう。

すでに、お理佐の居室がある長局ではひと悶着《もんちやく》があった。お理佐付きの老女中が、おなあの召喚を拒んだのである。いわく、

「本日より、お理佐の方様はお部屋様となられる身。御典医の検診など、他日にまわせばよいこと。今宵はひたすら、上様への夜伽こそ重大事。受け入れるわけにはまいりません。おなあ様」

「春日局様、直々の命にござりますよ」

「ならば、無理にもと申しますか？　それにしても、おなごの子袋のなかを調べ

るなどと、どこの誰が思いついたものか。御台所様がお耳にしたら、烈火のごとく怒られましょうものを」

などと憤慨したものだ。

したがって、春日局が直々に乗り出すことで、ようやく検診が実現のはこびとなったのである。

いま、御典医室の前で襷がけをしている女中たちは、春日局が緊急出動させた面々なのだ。あらためて、春日局の剛腕が実証されたことになる。

思いもよらぬ大げさな事態に、源蔵も緊張しなければならなかった。

「どうぞ、この台に横になって、腰巻をお取り下さい」

「この上に?」

お理佐がためらっているのは、診療台が弧をえがくように逆さまに見えたからだろう。ちょうど、頭を下に下半身が宙を向くような角度なのだ。

「さぁ」

と、源蔵がうながした。

「は、はい。小袖は、着けたままで?」

お理佐がようやく台にのると、春日局が部屋に入って来た。

「いかがした？　愚図愚図《ぐずぐず》するでない」

「ははっ」

源蔵はひたいに汗を感じた。

「小袖は脱がなくてもけっこうです。そのまま、脚をひらいて」

「……脚を？」

「ひらくのじゃ、お理佐どの」

と、春日局がいら立ったように言う。

「柏原源蔵、何をしておる。はよう玉門を」

「へいっ」

源蔵が強引に脚を割ったので、お理佐が顔をこわばらせた。菱形のおんなの翳りの先に、秘めやかな佇《たたず》まいの玉門が覗いている。

と、かたわらで春日局が声を荒げた。

「はようせい！」

「へ、へい」

源蔵は困惑しながら、お理佐の太ももをひろげた。まだ肉薄の花弁が重なったままで、その内側にも潤いが感じられない。

これは弱ったな……。無理にこじ開けても、子袋までは見えないだろう。手をいれて、傷を負わしては夜伽にさしつかえる。

「どうなのじゃ？　柏原どの」

春日局が覗きこんできた。

「へい、ヌルミが足りませぬので、難儀をしておりやす」

むぅ、仕方がない…。如意丹で潤いを確保しないことには、子袋の検診は不可能である。源蔵は薬壺から如意丹を取り出すと、唾をつけてお理佐の女陰に塗り込んだ。

「ひいっ！」

お理佐が堪らずに太ももを閉ざした。化粧をしているところをいきなり呼び出され、しかも玉門を検められるという辱めに、二十歳の公家の娘はいまにも泣きだしそうな顔をしている。

「こうすればよいのじゃ、柏原どの」

春日局が源蔵の顔を見ながら、お理佐の胸もとをくつろげた。

「ああッ！　何をされます。お局様」

「襦袢もこうじゃ！」

熟女ならではの太い二の腕で、春日局がお理佐の乳房を剝き出しにしたのである。

「ほう、立派な乳よのぉ。これが上様のお目にとまったか」

そう言うと、春日局はお理佐の乳首を指でつまんだ。

「ああんっ、ああ……」

やさしく愛撫しているわけではないが、同性の肉体を知っている女ならではの急所の突き方である。強引に性感帯を刺激することで、女陰の潤いを強いているのだ。

「誰か、乳を吸っておあげ。柏原源蔵、そなた男であろう。はようお理佐をその気にさせるのじゃ」

そう言うと、春日局がお理佐の首すじに舌を這わせた。事務的な刺激ではなく、ねっとりとした愛撫だ。

「では、わたくしが」

総取締役の身を挺《てい》した勤めに、おなあが仕方なさそうに追従した。彼女は覚束ない手つきで、お理佐の乳房を揉みはじめたのである。

これは……、大奥は女衆道の聖地か。源蔵は思わぬ展開に度肝をぬかれた。

「もうひとり！　お理佐の乳を吸いやれ」

「は、はい」

声をあげて進み出たのは、襷がけをした妙姫だった。

「ふむ。そういえば、お妙は鶴女とやらと女衆道を経験したのでしたね」

と、春日局が意味ありげにわらった。

なるほど、大奥で起きたことは何でもこのお方の耳に入るのだな、と源蔵は感心していた。

「どうじゃ、柏原どの」

双球の先端を二人がかりで吸われ、首すじへの接吻に顔をしかめながらも、お理佐は容易には女蜜を分泌しなかった。

「た、堪りませぬ。このようなこと」

という反応とは裏腹に、玉門にはヌルミが足りないのだった。

「ええい、手ぬるいことを。柏原源蔵！　誰か、お理佐の脚をおさえよ」

春日局が声を大きくした。

「玉門を、剝き出しにするのじゃ」

源蔵が指先でお理佐の体内を探っているのに、もどかしさを感じたのだろう。

春日局の命で、女中たちがお理佐の脚を大きく左右に割った。

「いやぁーっ！」

見るも残酷な光景だった。首すじを熟達の女に愛撫され、左右の乳房は別々に吸われながら、玉門が剝き出しになるまで大股を開かされてしまったのである。しかも、玉門の内部はおろか、そのずっと奥にある子壺のなかまで検められるのだ。

「するほうもされるほうも生きた心地はしまいが、これもお勤め」

と、春日局がその残酷な光景を評した。

「どうじゃ、柏原」

「へ、へい。いま少し、ヌルミがありますれば」

「もうよい、指で探っておるうちに、お理佐の玉門が泣いて悦ぶはずじゃ。はよう、子袋を検めよ！」

「へい、では」

もういちど唾を指に塗ると、源蔵はゆっくりと指を挿入していった。

「あ、あああぅ」

お理佐は苦しそうな表情である。これほど乾いた女陰なら、上様の褥《しとね》に伺候しても、役に立たないのではないかと思える。さても、大奥というのは女体を涸《か》らす、過酷な所だと思わないわけにはいかなかった。

「んあぅ、ああ」

あいかわらず、お理佐は身悶えながら苦しんでいる。悦楽と苦痛に引き裂かれながら、身悶える女体のうつくしさに、源蔵は本来の仕事を忘れそうになっていた。

「柏原、いかがいたした?」

「へい、間もなく子壺の入り口に」

源蔵はようやく、中指を産道の奥に到達させていた。これより先が女の秘殿、神秘の子袋である。

グイっと指を入れて、子袋の感触をたしかめた。

と、そのとき、シャッという音を立てて、女陰から液体が噴き出した。

「うわっ!」

源蔵は思わず指を引き抜いていた。

「何と……!」

春日局も目をまるくしている。

四人がかりで愛撫されているうちに、お理佐の性感が急激に高まったのだろう。

生殖部位の筋力を制御できなくなったお理佐は、いきなり潮を吹いてしまったのである。

「も、申しわけありません。とんだ粗相《そそう》を」

お理佐が泣きだしそうな声で詫びている。

「ええい、このようなときに、不調法な」

「お局様。こればかりはいたしかたないかと。まことに申しわけありやせんが」

源蔵も代わりに詫びたが、詫びたから何か解決するというものでもない。ひたすら、お理佐の股間を拭うしかなかった。

「はようせい、柏原。刻限が迫っておるのじゃ、上様のお渡りの」

「へっ、へい!」

三

「お妙殿、お理佐殿に水を。水をたのみます」

源蔵はお理佐の女陰を検分しながら、指先にヌルミを感じていた。潮吹きが呼び水になったのか、お理佐の女陰に潤いが湧きはじめたのである。

「ささ、お水を。さきほどかなりの量を放出いたしましたからね、水分を摂らさねば」

お理佐が顔を赤らめながら、むさぼるように水を飲んでいる。

春日局も覗きこんでいる。

「どうなのじゃ、柏原源蔵」

「ようやく、如意丹の効能があったようです。このぶんなら、子袋の検診もはかどりましょう」

一転して、おびただしい量のおんなの樹液が分泌されはじめた。四人がかりの性技で女体のなかに眠っていた情欲が呼び覚まされたのだろう、お理佐は苦悶の表情のなかに明らかな女の悦楽をきざしているのだった。

「では、さっそく」

源蔵はふたたび、お理佐の腹のなかに手を入れた。こんどは手首まで挿入しての子袋調べである。

「ああん、んぐっ！」

さすがに手首まで玉門に呑み込むと、お理佐のひたいに険しいものが走った。

「いましばらくの、ご辛抱です」

「う、うんっ……、はぁ、はあッ」

お理佐がさっきまでの痛みに耐えている様子から、喜悦の表情に変わっている。すでに一刻（二時間）ちかくも、四人の男女に全身を愛撫され、何度も玉門に指を入れられてきたのである。

「だいじょうぶかえ？」

と、春日局がお理佐の顔を覗きこんでいる。

「申しわけありません、また気をやりそうな……」

「なんと、助平ぇな女子じゃなぁ、お理佐は」

そう言われたお理佐が、顔を真っ赤にした。

「いましばらく、ご辛抱を」

子袋の中を検分している源蔵は、最後の確認にはいっていた。いまのところ、それらしいものが確認できないのだ。

お理佐がいよいよ、のっぴきならない声を発した。

「逝くっ！　き、気をやります」

「お理佐どの、いましばらく」

「あぁぅ、ああん」

ふたたび、お理佐が胎内から女の液体を噴出したのである。源蔵が手を入れているぶんだけ、こんどの噴出は水鉄砲のように遠くへ飛んだ。源蔵が玉門から手を抜いた瞬間、大量の液体があふれ出た。

「何と、二度までも」

と、春日局があきれている。

もう源蔵のほうは、結論が明白だった。子袋自体が、やや硬めの印象だったが、内部には異物がなかったのだ。そして、指先に付着した血を確かめていた。匂いから、月のものに間違いないと思った。

「柏原源蔵、どうなのです」

「はぁ」

源蔵は手を拭いながら、ゆっくりと顔をあげた。

「検めの結果を申しあげます。毒玉はございやせんでした。毒玉の破片も見つかりませぬ」

「……何と、杞憂《きゆう》であったか」

春日局がその場にへたりこんだ。

「それだけではござんせん。これを」

指先に付いた血痕を、源蔵は春日局に見せた。

「子袋を傷つけたのかと思い冷や汗をかきましたが、どうやら、お理佐殿におかれては、月のもののご到来。今宵の夜伽はかないますまい」

「何と、月のものが……。上様お渡りの日に、穢《けが》れとは」

「こればかりは、仕方がござりませぬ」

ここで落胆ばかりはしていないのが、当代随一の女丈夫を自任する春日局である。

「すぐにお楽に支度をさせよ。お楽が不都合なら、お琴じゃ。お琴でダメなら、ほれ。お妙が準備を。上様がお渡りになる前に、御小座敷の褥に伺候すべし」

源蔵はほかのことを考えていた。

お理佐に龍涎香を塗布することで、上様のお気を惹いたのが誰なのか。その者はお理佐の月のものの兆しも知っていたに違いない。もうその者が誰なのか、そして何が目的だったのかも源蔵は結論を得ていた。

「お妙どの、いっしょに来ておくれでないかえ」

と、源蔵は身支度をはじめた。

暮れ六つまでは、半刻ほどある。上様のお渡りの前にことをし終えなければならないのだ。

「御小座敷へまいりましょう、お妙どの」

「なれど、わらわも化粧と羽二重の準備を、春日局様から」

「もっと重要な用件です。いざ!」

四

「御典医どの、なりませせぬ。まもなく上様がお渡りになられるのに、御小座敷に入れろなどとは、われらの責任が問われまする」

予想どおり、源蔵と妙姫は警護の奥女中たちに押し止められた。

「では訊くが、お理佐どのはまだ到着しておらぬはず。なのに、なにゆえに草履がござるのか?」

大奥は屋内でありながら、廊下は草履穿きである。源蔵は目ざとく、御小座敷の入り口に草履があるのを指摘したのだ。草履の飾りからみて、たしかに公家風だが、年輩の者が持ち主と思える。

「はて、お理佐様が到着していないとは、御典医どのも異なことを。お理佐様はすでに、御小座敷の控えの間に入られておりますぞ」

警護の奥女中の語るに落ちる言葉で、源蔵は確信をふかめた。

「それは、贋《にせ》のお理佐どののじゃ。ごめん、まかり通る」

「なりませぬ！」

これ以上は、押し問答では埒《らち》があかない。源蔵は警護の者たちを妙姫にまかせると、強引に御小座敷に押し入った。狼藉を咎《とが》められれば、討ち首も覚悟のうえだった。

「鶴女どのか？　それとも、いつぞやのくの一か？　お理佐どのになりすますとは、天下のふとどき。正体をあばいてご覧に入れる」

喋りべたの源蔵にしては、思いきった言上だった。

御小座敷の控えの間にいたのは、はたして鶴女だった。

「やはり、そなたが……」

「柏原源蔵、またそこもとか」

鶴女がうんざりしたように言った。

「出しゃばりな医師どの。こんどは何を？」

「何を、ではござらん。そなた、上様を弑し奉らんと、お理佐どのに成りすましたのに相違あるまい。ことが露見すれば、討ち首獄門は必定。悪いことは言わん、はようここから出られよ」

本当に、鶴女ほどの美女を失うのはもったいないと思うのである。

「何なら、それがしが、逃げ場所を探しましょう」

鶴女は考え込んでいる様子だ。

おそらく覚悟していたとはいえ、討ち首獄門という言葉を年輩者の源蔵から聞かされ、ためらうところがあるのだろう。

「いそぎ、ここを出ましょう。あとは、お妙どのにまかせ。お妙どの、寝所にお琴どのを」

「は、はい」

「お楽どのに先んじて、お琴どのをこなたへ」

「はい。かならず！」

妙姫が駆けだすと、源蔵は鶴女の羽二重のうえに自分の羽織をかけた。

「まいりますぞ」

「なれど、わたくしは宿下がりできぬ身」

「なに、御典医としての職権を振るいましょう」

源蔵にしてみても、成算のない脱出行である。頼みになるのは、酒井家差し向けの輿だけという現実なのだ。

ともあれ、鶴女がその気になってくれたのはさいわいだった。

かつて源蔵が京にいたころ、幕府の豊臣残党狩りが苛烈《かれつ》になったのが思い起こされた。曲直瀬一門は豊臣家や毛利家の庇護を受けた縁で、多くの豊臣ゆかりの者たちを庇ったものだった。医道とはそもそも、人の命を救うことにほかならない。源蔵はそう思うのである。

いまひとつ、鶴女が初めて男を知ったときの初々しくも妖艶な肢体を、彼は忘れていなかった。

「さぁ、はやく」

手を取ると、鶴女がわずかに抵抗した。

「と、とにかく七つ口が閉まらぬうちに」

源蔵は強引に鶴女を抱えあげた。

「柏原殿……」

源蔵の思いきった行動に、鶴女はもう抵抗しなかった。さいわい、七つ口の警備は手薄である。女中に誰何されたが、緊急の診療であると言うと、相手は困惑したような顔をしただけだった。

さらに本丸の番所を一礼してすり抜ける。天下の江戸城がこの警備では、何ともこころもとないものよ、などと苦笑しながらの脱出行である。平川門《ひらかわもん》の手前で鶴女を歩かせ、酒井讃岐守差し向けの輿に乗せた。

「火急の御用である。急ぎませ!」

という掛け声で、えっほ、えっほ、と輿は日本橋浜町にいそいだ。

「して鶴女どの、なにゆえかような真似をされた?」

夕暮れの街を歩きながら、息を切らしての問答である。

「忠輝卿の旧臣に謀《たばか》られたままでは看過できても、みずから刺客《しかく》になるとは、尋常な沙汰ではありませぬな。そこもとを思えばこそ、お救いしたい」

輿のなかの鶴女は黙している。

「もしや、御台所様、直々の沙汰で?」

「ちがいます」

こんどは明瞭に否定した。

「柏原殿、わらわの一存です。いいえ、京おんなの意地です」

「では、しばらく身を隠されよ。御台所様に累がおよびますぞ。おんなの意地で天下に謀反とは、見上げたものじゃが」

「………」

どうしたものかと思案したあげく、源蔵が思いいたったのは鶴女を手もとに置くことだった。どこぞに長屋を借りて住まわせる手もないではないが、誇り高い京女が江戸の長屋住まいに耐えられるはずがない。

さりとて、京にもどるには出女の詮議もきびしく、いずれ関所に手配書が行きわたることだろう。

「鶴女どの。しばらく、わが庵にて医術に励まれよ」

「え……？」

鶴女がおどろいている。

その夜、久しぶりに自宅でくつろいだ源蔵は、娘の沙弥菜と愛弟子の佐伯市之丞にことの次第を説明した。

「師匠がそう言われるのなら、従うまでです」

という市之丞の覚悟に、娘の沙弥菜も追従した。

「お父さま。人の命を救うのが医術なれば、われらはそれに従うまで」

だが、公儀の検め方は、それほど甘くはないはずだ。いったん「ご謀反」という風評が立ったからには、下手人を挙げなければ役目を果たしたことにならないと考える人々が多いのはいうまでもない。

五

翌日には、詮議の者たちが扶老庵を取り囲んだ。

思いがけないことに、詮議に当たっているのは酒井讃岐守の配下の者たちだった。

「おやめください、讃岐守様には、それがしから報告もうしあげる」

「要らぬ。鶴女なる奥女中、いずくへ隠した？　何とか申せ、柏原源蔵！」

「知らぬものは、申し上げられません」

「さようか、どうしても言わぬとのぉ。ならば、娘の身体に訊こう。そなたがしゃべりやすいようにのぉ」

そう言うと、髭面の侍は沙弥菜の腕をとった。

「何をなさいます！」

「あまりにも無礼な」

市之丞が割って入ると、配下の者たちが殺到した。多勢に無勢である。たちまち、市之丞と源蔵は後ろ手に締めあげられていた。

「やれ！」

髭面の侍が、顎をしゃくった。

「娘が痛い目に遭えば、少しは自分の役目に忠実になるであろう」

何が起こるのか、源蔵は目をそらさなかった。娘の沙弥菜が辱められても、鶴女を討ち首にするのは避けたい。気丈な沙弥菜が耐えてくれることばかり念じては、目をそらすまいと思うのだ。

「きゃあーッ。何をされます！」

沙弥菜の悲鳴に、源蔵はありったけの力をふりしぼった。

「何をされる、無体な！」

「どうだ柏原源蔵、しゃべる気になったか？」

つぎの瞬間、沙弥菜の小袖の胸もとがあばかれ、可憐な乳房が露出していた。

「むぉーッ、許すまじ！」

市之丞が鬼のような形相になっている。このおとなしい若者にこれほどの怒気があろうとは、源蔵もおどろいていた。

配下の者たちが沙弥菜の腰巻を取ろうとすると、

「脱がすのは、そこまででよい」

と、髭面侍が制した。源蔵は相手の理性を察して、わずかに救われた思いだった。沙弥菜が股間まで露わにされてしまったら、もう抗《あらが》う術《すべ》はないと思った。

「傷はつけるな」

という髭面侍の言葉で、配下の者たちが沙弥菜の腹部に鉄拳を突き入れた。

「うぐッ！」

「どうじゃ、娘。父者《ちちじゃ》に奥女中の居所を言うように、そなたからも説得しろ。吐けば、ぎゃくに褒美を取らすと、のう」

「ふん、酒井の殿様は女を殴るのかい？」

沙弥菜が相手の顔に唾を吐いた。

「むぅ……。やれッ」

ふたたび沙弥菜の腹に、男たちの鉄拳がふるわれた。二人がかり交代で、沙弥菜の腹部を殴っている。

「んあぅ！」

殴られるたびに、沙弥菜の若々しい乳房が上下におどった。

「沙弥菜どの」

市之丞が凄まじい形相で男たちの手を振りほどこうとしているが、かえって沙弥菜と同じように腹部に鉄拳を受けなければならなかった。

図に乗った若い男が沙弥菜の乳房を摑み、源蔵に見せるようにねじり上げている。

「んあぅ……」

「娘がどうなってもいいのか、柏原源蔵」

沙弥菜の顔がゆがんでいる。源蔵も、もう限界だと思った。

「やむをえん、娘の腰巻を解け。娘の子壺に訊いてやれば、いくらなんでも父親じゃ、吐かずばなるまい」

「やめろぉーッ！」

血が噴き出すような声は、市之丞だった。源蔵は自分が責められている気がした。

「わ、わかった。話しましょう。娘には手を出さないでもらいたい」

源蔵はひざまずいていた。

「ほう、言う気になったか」

と、髭面の侍が笑みを見せた。

「へい、有り体に申しあげやすんで、沙弥菜を放してやってください」

「お父さま、こんな者たちの言いなりになってはいけません！」

「むぅ……」

髭面が困惑している。

そのときだった。馬で路地に入った者があった。

「どうどう！　柏原源蔵はおるか？」

馬上から、若い娘の声である。馬から降り立った娘の顔をみて、源蔵は腰を抜かしそうになった。

「た、妙姫さま……！」

髭面侍も同様である。

「こ、これは、妙姫様！」

配下の者たちも、その場に平伏した。姫が長いものを手にしているので、侍たちは平伏したままあとずさっている。

沙弥菜が市之丞に抱きかかえられるのを見とどけると、妙姫が男たちを睥睨《へいげい》した。

「わが父、酒井讃岐守忠勝の命である。大奥の謀反人、奥女中鶴女は三の丸の堀で遺骸となって発見された。よって、大奥における将軍暗殺計画は頓挫《とんざ》し、事件は一件落着。よってもって、事件の解決に功のあった大奥御典医柏原源蔵に褒美を取らす。柏原源蔵、近こぅ」

「へへっ」

「酒井家に伝わる長巻（長刀）である。受け取るがよい」

「へへーっ」

「そなたたちは、もう帰るがよい」

あっ気にとられている髭面の侍たちが路地の向こうに消えると、妙姫が小声で言った。

「鶴女をかくまうとは、源蔵どのもとんだ痴《し》れ者よ。わらわの武士の情けに、これからも忠義で応えることじゃ。よいのぉ」

妙姫のつよい目の力に、あきらかな女の嫉妬《しっと》がまざっている。源蔵はそれを感じて、ひたすら平伏するしかなかった。

「ははっ、妙姫さまの機転、お情け、豪胆さに、この柏原源蔵、畏れ入ってございやす」

「もう、大奥にもどらねばならぬ刻限じゃ。父上にはお琴殿が夜伽を務めたと、わらわのほうから伝えおいた。そなたにも、春日局とおなあの悔しそうな顔を見せたかったわ」

「は、はぁ」

「ではのぉ。世継ぎ合戦はまだつづくぞえ、鶴女殿にも、よしなに伝えよ」

そう言い置くと、妙姫は馬上の人になった。

第六章　みやびの肢体

一

事件が収束して数日のちのこと、柏原源蔵は大奥ではなく、吹き上げにある中の丸御殿に召された。なぜか、如意丹を持参せよとの命であった。

中の丸御殿の主とは、将軍家御台所鷹司孝子である。鷹司家は藤原北家《ふじわらほっけ》の流れ近衛家《このえけ》の支流で、五摂家《ごせっけ》のひとつ。朝廷および公家社会の中枢を構成する家格といえよう。

その孝子は、このころ三十八歳の女ざかり。夫から疎んじられたまま、円熟した肉体をもてあましていた。

「そちが柏原源蔵さんどすかえ?」

「ははっ、御台所様にはお初にお目どおりかないました。日本橋浜町の扶老庵、柏原源蔵にござりまする。御台所様におかれましては、ご機嫌うるわしく、恐悦至極に存じ奉りまする」

「ふむ。そなたは京の醍醐寺の出ぇと聞きましたが、言葉は武家ふうな。柏原はん、もそっと近ぉ」

「はは」

「本日お呼びしたんはな、ほかでもない鶴女の一件でおじゃる」

と、孝子が源蔵を見すえた。

「わが侍女のお理佐が上様に召された日、鶴女が上様の御小座敷で変わり身をしたと聞くが、その後、どこへ行きやったのか。そなたが知っておるはずやと、天樹院様より知らせがあった」

「ははっ。それは、その……」

源蔵は恐懼《きょうく》するしかなかった。

「結果、お理佐に代わってお琴なる者が寝所に伺候《しこう》したと聞く。お琴は酒井忠勝の養女だというではありませんか。このこと、そなたの策略ですか?」

「策略というほどのこともありやせんが、酒井の殿様には何としても、上様に若子《わこ》をと、言い含められておりやす」

「ふむ、やはり酒井忠勝の陰謀であったか」

「陰謀ってほどのこたぁ、ねえんで」

「して、鶴女は？　いずくへ」

「へ、へぇ……」

「まぁ、よいよい。言いたくないこともあろう。なれど、そなたの房中術とやらを知りたい。もそっと近ぅ」

「はは」

「もそっと、こちへ」

そのうえで、孝子が侍女たちを人払いした。いきおい、源蔵は孝子と二人きりになったのである。小声で、囁《ささや》くように言った。

「如意丹は持参したのですか？」

「へ、へい」

さらに孝子の声が小さく、

「試してみたい」

と囁いた。

「へっ？」

源蔵は飛びのくように驚いた。孝子がいきなり、単衣《ひとえ》の裾を割ったのだった。膝が剝き出しになり、太ももまで覗いている。

「もそっと近ぅと申しておるに、柏原源蔵」

「へ、へい。御台様」

「そなた、なにやら江戸町ふうの言葉に。もとは京都の出でありながら、武家言葉と町人言葉を。変わったおひとじゃなぁ」

「へい、緊張するってえと、こうなりやすんで」

「では、すこしゆるりとされませ。いやいや。はよう、如意丹とやらを」

と言いながら、孝子が太ももをひらき加減にした。

白磁のような太ももの奥に、柔らかそうな繊毛が見えた。

「し、失礼しやす」

「玉門に塗り込むのですか？」

「へ、へい。さようで」

「姿勢は、これでよいのか？」

ある。

と、孝子が片膝を立てた。これで将軍家御台所の玉門が剝き出しになったのである。

すでに男とのそれを意識しているうちに、彼女自身が発情してしまったのであろう。鮭色の内側が左右にめくれ返り、内部が琥珀《こはく》色にかがやいている。

「へい、では塗りますんで」

源蔵は唾を指に、如意丹を掬《すく》った。

天下に美女のほまれも高く、しかしながら公武の確執のなかで将軍家光には放置されてしまっている御台所。彼女の端正な美貌は、運命のいたずらで置き忘れられてしまった宝物《ほうもつ》のように感じられた。

その畏れ多い女性《にょしょう》の玉門に、自分が手を入れようとしているのだ。源蔵は思わず身震いしていた。

「あ、あっ……！」

ヌルリと指を入れた瞬間、孝子が口もとをゆがめた。

もしや、これが初めての？　源蔵は股間のモノが硬くなるのを感じた。

「痛みまするか？」

「いや、心地良すぎ……。た、堪らぬ」

すぐに源蔵の指は孝子の粘膜に包まれ、やがて吸い込まれるような感触がした。

ふぅむ、これはやはり、ひとり慰めしか知らぬ玉門であろう。と、源蔵は確信を得たように思えた。

指を折り曲げてみた。

「ああん、あっ！」

キュッと締め付けてくる。

「御台様。如意丹は玉門にある本来のつかさどりを援けるのみにて、その身が健やかなれば、ほんの導きにござります」

「ど、どういうことじゃ？」

と、孝子が喘ぎながら訊いてくる。

源蔵は彼女の目を見つめた。

「その身が健《すこ》やかなりとは、男子との交わりが肝要。本日はそれがしが、御台所さまに男との交わりをお教えしましょう」

孝子もその意味を理解したのか、源蔵の目を見つめ返した。

「房中術の診療にございやす」

「診療？　よきに計らうがよい」

金襴の帯に持ち上げられた胸が大きく波打つように、孝子が荒い息をしている。診療にかこつけて、源蔵の男をもとめているのだ。

それにしても、生身で挿れてしまっていいものだろうか。もしも、自分の放った虫が御台様の卵に入り込み、種をなしてしまったら……。

「天下の一大事にござる」

と、源蔵は思わず口に出していた。

孝子は、もうその気になっている様子だ。

「源蔵、乳を吸ってたもれ」

などと言いながら、金襴緞子《どんす》の帯を解きはじめたのである。ふだんなら、侍女たちに任せるはずの脱衣を、もどかしそうに自分で始めたのだ。

「て、手伝いましょう」

「すまぬの」

着付けは経験がないわけでもないが、それ以上に脱がすのは得意とするところだ。

「豪華な打掛けでござんすねぇ」

美しい女の衣服を脱がす愉しみは、医師の特権ともいうべき事柄である。

怪我《けが》をして腕が思うように動かせない町娘、腫れものができて自分では小袖も脱げない商家の女将、さらには孕み腹のご新造。自分の手によって艶やかな肉体がひも解かれていくさまは、五十代の源蔵をたちどころに若返らせるのだった。

「襦袢も脱がしてたもれ、源蔵」

「へ、へい」

もう豊満な乳房が、その隆起を源蔵の前に見せている。思わず触れたくなる欲求を抑えながら、源蔵は孝子の襦袢の合わせをくつろげた。

「ほう」

と、思わず声が出た。

さすがに三十八歳という年齢相応に垂れ気味だが、それ自体の重みに耐えるように、左右のつり合いが保たれている。乳首は薄紅色にかがやき、乳暈が小高く盛り上がっているのだった。

「触ってたもれ」

源蔵は孝子の熟れた乳房を、下から支えるように摑んでみた。

「畏れ多いことですが、御台様は、初めてで?」

「………」

返事はなかった。

「では、御台所様。謹んで、診療を行ないまする」

と、源蔵はこれがまぐわいではなく、医療行為なのだと自分にも言い聞かせた。

「あっ、ああん」

いきなり乳首を吸われて、孝子が肩を震わせた。

二

乳暈の毛穴をたしかめるように、源蔵は舌先で孝子の素肌を検診した。しっとりとした艶やかな皮膚は、彼の舌に吸いついてくるような木目の細かさである。

「皮膚は若ぅございますね。御台所様」

「そ、そうか、嬉しいことを」

チュッと音を立てて吸うと、孝子は顔をしかめる。おそらく女衆道の経験もないのだろう、初めて他人に乳を吸われる感触に驚いている様子だ。

「いかがですか？　御台様」

「た、堪らぬ。……痛い。もそっと、やさしゅう」

「へ、へい」

と言いながら、源蔵はいっそう強く吸った。その痛みの先に蜜楽の境地があることを、孝子に教えなければならない。

「あっ、ああっ！」

もう片方の乳首を指の腹でころがした。

「んあっ、あっあっ、あん」

摘みあげると、孝子が首を振った。

「んなぁ……っ！」

クリッとした小梅のような乳首が、指のなかで硬くなってゆく。頃あいをみて、源蔵は孝子の身体をゆっくりと毛氈《もうせん》の上に倒していった。首すじに舌を這わせ、性感の壺をさぐってゆく。

「ああっ、あんっ」

首を吸いながら、脅えている太ももに手を挿し入れ、孝子の股間をさぐった。たおやかな丘の草原をサワサワと揺すり、おんなの峡谷にくだってゆく。急激に割れている峡谷のはざまに、源蔵の指先が肉芽を発見した。

「あ、ああぅ！」

ひときわ大きく、孝子が腰をふるわせて反応した。

「ここが真根にござる。女子のいちばん心地よい箇所」

「ああっ、……堪らぬ」

コリッとした感触を指先に確かめると、さらに下っておんなの沼にいたる。源蔵は指の感触に意識を集中した。

そこは、すでに潤沢な蜜液がこぼれ落ちている。小水壺の膨らみの下に、いまや噴火を待ち望んでいるおんなの火口がみとめられた。この三十八歳の未通女に火を点けるには、火口を直撃するしかあるまい、と源蔵は思った。

「失礼しやすよ」

「あ、あれ……！」

源蔵が孝子の膝を持ち上げ、彼女の秘園を剝き出しにしたのである。真夏の陽射しが薄紅色の内部構造をあらわにした。

「神々しい、なんともお美しい玉門にございます。男というものは、ここから生まれて、ここをのみ目指して生きておるのです」

「神々しいと？……こ、このような」

孝子が顔をこわばらせている。宮廷に育った女人がもっとも秘すべき箇所を、診療とはいえ男子の前に晒しているのだ。

「何という、浅ましき姿に」

と、孝子が顔を覆った。

「さにあらず。浅ましきゆえに、男はほだされまする。このなかを、覗きたいのでございますよ」

と、源蔵がそこを指でひろげた。

蝶のように広げられた淫唇の奥に、緋牡丹《ひぼたん》のような女の火口がみえている。幾重にもかさなる襞《ひだ》が粘液でかがやき、うねるように息づいているのだった。

「美しゅうございますよ」

グッと指で押すと、女の樹液がトロリと流れ落ちてきた。

「ああっ、そのような恥ずかしきこと……」

「よく濡れておりますぞ、御台所様」

源蔵はフッと息を吐きかけた。

「んあぁ、っ!」

堪らずに、孝子が太ももを締めた。かえって、源蔵の指を咥えこむ形になってしまったのだ。

「貴き御方も下賤《げせん》の者と変わらず、このように濡れまする。さればこそ、閨のことは身分のへだてなし。御台様のは、まことに、野獣の牙《きば》からしたたり落ちるがごとくに」

源蔵の毒のある言葉に、孝子が激しく身悶えた。恥ずかしさからキュッと太ももを締めては、意に反して性感をたかぶらせてしまう。

「ああ、……もう」

乳房への源蔵の愛撫で、孝子の女の部分は泥濘になっていた。源蔵が指で内部をさぐると、孝子は腰をブルッとふるわせ、受け口の唇をわななかせる。

「あああっ、ああ！」

ふたたび、孝子の太ももがこじ開けられた。もう彼女はされるがままに、源蔵に身をゆだねている。

「失礼して、真根を舐めさせていただきやす」

「さ、真根を？」

つぎの瞬間、孝子が狂ったように嬌声をあげた。源蔵は彼女の泥濘に舌先を入れたまま、頭を打たれていた。

「たっ、堪らぬ！　うぉうん、むぉう！」

「御台様、もそっとお静かに」

静かにしていられるはずがない舌づかいで、源蔵は女体を狂わせる醍醐味《だいごみ》を堪能していた。誇り高い女ほど、いったん堰が切れてしまえば思いがけない本性を見せるものだ。

「ここは、如何に？」

源蔵の舌先が真根の包皮に分け入り、その根もとに侵入したのである。

「むぉう！　堪らぬ、源蔵！」

あまりにも大きな声だったので、控えの間から侍女たちが顔を出した。

「あれまぁ、御台様が……」

「なんと、女陰を吸われておじゃりまするわ。御台様のこのようなお姿は、初めてにおじゃる」

などと、喧しい。

「あ、あってへ行って！」

と、侍女たちに気づいた孝子が声をはりあげた。

「わらわを見ないで！」

源蔵も恐縮していたが、孝子の反応は意外なものだった。

「もそっと、つよく吸っておくんなまし」

どこで覚えたのか、将軍家御台所が女郎言葉である。

「源蔵どの、もっと！」

「へ、へい」

包皮を飛び出した真珠色の真根が、まるで独立した生き物のようにプルンとした感触で舌に絡み付いてくる。

「御台様の真根は、まるで生きているような……」

指を女陰のなかに入れると、源蔵はゆっくりと持ち上げるように曲げた。

「あぁっ！」

「これが、血溜まりの蛇にござる。この技を上様に献上した者こそ、お世継ぎの母上さまとなりましょう」

「血溜まりの蛇、とな？」

苦悶の表情のなかで、孝子が喘いでいる。

「こうでござる」

と、源蔵は剝き出しにした真根を舌で圧迫した。

「んにゃうッ！　んあぉ！」

「もはや極楽にござりましょう、御台様」

「入れて、たもれ」

こんどは挿入の催促である。

すこし迷ったのちに、源蔵は意を決した。

「では、まいります」

腰を合わせて、ゆっくりと凹凸をかさねた。二枚貝に先端が触れただけで、ヌチャッとした感触とともに孝子の秘貝が巻き付いてくる。

「これは、すさまじき……」

源蔵はもう、前後の考えを自分のなかに封印した。たとい、それが天下動乱の原因になろうとも、徳川家の正統をないがしろにしようとも、孝子の熱情には逆らえなかった。自分の欲望も、止めるすべはなかった。

「まいりまする！」

源蔵は、グイッと腰を入れた。

「んっ、んあぅ！」

孝子が目をとじている。孝子の窮屈な膣道のなかを、源蔵はゆっくりと進めた。

「あぅ、ううあぅ」

彼女にとっては、かなりの痛みをともなう挿入なのだろう。孝子が腰を逃がそうとしている。

「い、痛い……」

「御台様。この痛みの先に、心地よき充足が待っております。なにとぞ」

源蔵はかまわず抽送を開始した。

潤沢な蜜液に充たされていても、彼女は初めて男を受け入れるのだ。彼女自身よりも、密集した神経体が悲鳴をあげているのだろう。まるで身体のなかに棲む何ものかに憑かれたように、孝子が身をよじっている。

まもなく、ヌチョッ、ジュボッという淫猥な音が空間を支配した。

厚みのある孝子の臀部から下腹部にかけて、うっすらと汗が浮き出てきた。皮膚が薄紅色に染まり、抜き差ししている玉門からは、こまかな飛沫が飛んでいる。

「源蔵どの！　もっと、突いておくんなまし」

「へい、御台所さま」

媚肉のぶつかり合いから、やがて二人が一体になる密着した動きへと変わった。

「これが、男……」

「さようです、御台様。男と女のまぐわいにござります」

「なんと、心地よい」

一体となった動きに、御台所孝子はご満悦の様子である。源蔵はホッとした気分で、深いところでの抽送をつづけた。

「んなぁ、んっ」

苦痛の先にある悦楽の頂まで達したのだろう、孝子が全身を伸ばすように心地よさを噛みしめている。

「御台様。いかが?」

源蔵も喘ぎを抑えられなかった。

「逝く、逝くわッ」

そこから先は、無我夢中の動きで要領を得ないまぐわいだった。源蔵はいったん孝子の体内から外に飛び出し、ふたたび挿入して彼女に悲鳴を強いた。

「何という、乱暴な!」

「すいやせん。飛び出しちまいまして、その」

源蔵は必死の思いで腰を振った。

「んあっ、あッ! 気持ちが良すぎます! 逝くッ」

「あ、あっしも、逝きやす」

つぎの瞬間、ふたりは雷を浴びたように震えていた。抑えようのない、電流に支配されたがごとくに……。

「ああっ、源蔵どの」

「み、御台様」

そして、源蔵にとっては畏れ多い、予想していたとおりの事態になったのだ。彼の股間の震えとともに勢いよく飛び出した白濁液が、いままさに将軍家御台所の胎内に侵入したのである。

「お、畏れ多いこと……」

源蔵はそう思いながら、自分の意志ではどうにもならない精の虫たちのゆくえを見送ったのだった。

三

どのくらい時間が経《た》っただろう。おくれ毛を掻き上げながら、鷹司孝子が源蔵のほうを見た。

「柏原源蔵」

「は、ははっ」

「本日のことは、くれぐれも内聞《ないぶん》に」

襦袢を羽織りながら、彼女は真っ赤に腫れた乳首を気にしている。

「へいっ、もちろんで」

畏れ多くも、将軍御台所の胎内に精液を流しこんだのである。

かりに彼女がご懐妊ということにでもなれば、その相手は草の根をわけても探索されることだろう。討ち首獄門はおろか、ひそかに密殺されかねない。

「柏原源蔵よ。そなたはもともと、お福（春日局）に招かれた者と聞き及ぶが」

「いえ、酒井讃岐守様に召され、おなあ様に指示を受けておりやす。なれど、このたびのことは、独断で行ないましてござる」

「鶴女をかくまったのも、独断ですか？」

と、孝子が視線を鋭くした。

「へっ、へい」

「ならば申し渡しておく。いま、大奥は将軍のお世継ぎを競って、春日局ことお福派が専横を極めております」

「はぁ……」

「お福とおなあは、わが侍女のお理佐をはじめとする奥女中たちを排除し、自分たちの都合が良いようにお世継ぎのことを進めようとしている。そなたはお福一味の陰謀をあばき、われらを正統に帰するよう努めるがよい」

「ははっ」

と返しながら、それは自分の力だけではできないだろうと源蔵は思うのだった。同時に源蔵は、大奥御典医などというものに祭り上げられたことに、魔窟《まくつ》に入るような愉しみと不安が入り混ざるときめきを感じた。

それは、閉ざされた空間で若い身を焦がす女たちを癒《いや》し、性の至福をあたえる崇高なこころざしと一体であり、誰ひとり殺すことなく、おのれの性的な欲望すらも使命感に変える悦びだ。人生、なかばの五十からだな。と、源蔵はひとりつぶやいていた。

二見文庫

大奥御典医《おおおくごてんい》

著者　横山重彦《よこやましげひこ》

発行所　株式会社 二見書房
東京都千代田区三崎町2-18-11
電話 03(3515)2311［営業］
03(3515)2313［編集］
振替 00170-4-2639

印刷　株式会社 堀内印刷所
製本　合資会社 村上製本所

落丁・乱丁本はお取り替えいたします。
定価は、カバーに表示してあります。
©S. Yokoyama 2011, Printed in Japan.
ISBN978-4-576-11097-4
http://www.futami.co.jp/

二見文庫の既刊本

書き下ろし時代官能小説

女人天狗剣

MUTSUKI,Kagero

睦月影郎

倉沢藩三百万石の下級武士・小森純吾は、伯母の厠を覗いたことが見つかり、強く叱責される。意気消沈したまま「天狗山」と呼ばれる山へと入っていく純吾。そこで不思議な美女と出会い、情を交わす。その後、純吾の異性関係がすべてうまく行き始める。叱責された伯母、薙刀の師範、従妹、そして下女まで……。超人気作家による待望の時代官能書き下ろし！